KB051599

내일을 위해
사느라
오늘을 잊은
당신에게

90세 현직 정신과 의사의
인생 ―――― 상담

내일을 위해 사느라 오늘을 잊은 당신에게

나카무라 쓰네코 지음 — 오쿠다 히로미 정리 — 정미애 옮김

21세기북스

지금 이대로도 인생은 충분합니다

저는 현재 여든아홉. 정신과 의사로 일한 지 70년이 되었습니다.

월급 받는 의사이기 때문에 정해진 시간, 오전 9시에서 오후 5시까지 풀타임으로 일하고 있습니다. 병원에서 근무하는 월급쟁이라고나 할까요?(웃음) 모두 환자들이 저를 믿고 찾아준 덕분인데, 오랜 세월 일하다 보면 다양한 사람들과 만날 기회가 있습니다.

당연한 말이겠지만 사람의 고민은 정말 각양각색입니다. 직장에서의 인간관계가 고민인 사람도 있고 가정 문제가 고민인 사람도 있죠. 연령과 성별도 제각각입니다.

"졸업하자마자 입사한 회사가 저랑 맞지 않아요."

"지금 직장에서는 하고 싶은 일을 할 수 없어요."

"부하 직원이 생기고 나서 스트레스가 늘었어요."

"직장에서 절 너무 괴롭혀요."

"집안일과 육아 때문에 힘들어요."

"부모님 간병 문제로 직장을 그만둬야 했어요."

"옮긴 회사가 기대와 달라요."

흔히 듣는 이야기지만 막상 자신이 이런 상황에 처하면 이만저만 괴로운 게 아닙니다. 스스로 해결 가능한 문제라면 다행이지만, 어느 정도 인내심이 필요한 문제도 있습니다. 몇 가지 문제가 얽힌 경우도 당연히 많죠.

자, 그럴 때는 어떻게 해야 할까요?

현실과 내 생각과의 괴리에서 어떻게 타협점을 찾아가느냐의 문제가 아닐까요? 조금 더 쉽게 말해서, 수많은 일과 맞닥뜨리는 인생을 '잘 풀어나가려면' 어떻게 해야 할까요?

이를테면 예전에는 잘해내던 일도 어떤 계기로 갑자기 잘 안 될 때가 있습니다. 원인은 누군가와 오해를 빚었거나 사소한 말 한마디에 상처를 받았기 때문이기도 하죠.

그 계기가 사소할지라도 일단 신경 쓰이기 시작하면 갈수록 타인 또는 직장의 싫은 면이 보이고 불안감이 커집니다. 그래서 누구에게도 털어놓지 못하는 고민이 쌓여 끙끙대다가 병원을 찾는 사람들이 많습니다.

시대의 문제도 큽니다. 주위에서 이래라 저래라 지나치게 간섭하다 보니 피로감을 느끼는 것이죠.

그렇다면 골치 아픈 문제가 생겼을 때, 어떻게 하면 자신의 마음이나 스트레스와 타협점을 찾아 풀어갈 수 있을까요?

자, 의사로서 제 경험을 한번 이야기해보겠습니다.

덧붙이자면, 전 인생 대부분을 일에 바쳐왔지만 일을 좋아하느냐고 묻는다면 솔직히 좋아하지 않습니다(웃음). 물론 싫다는 건 아니지만 아주 좋아하는 정도는 아니라는 뜻입니다. 그럼 일하면서 어떤 큰 목표가 있느냐고 묻는다면 그 역시 없습니다(웃음).

사실 전 한없이 굼뜬 인간이라서 요령이라고는 눈곱만치도 없습니다. 매사 주도면밀하게 준비해서 움직이는 일 따위는 절대 불가능하죠. 제가 해온 일이라고는 그저 '눈앞의 환자가 날 믿고 의지한다면 그에 보답하자' '내가 할 수 있는 일이라면 하자' 정도입니다.

돌이켜 보면 저로서는 그 정도면 충분하다 싶습니다. 그렇게 살아가면서도 타협할 부분을 찾을 수 있답니다.

누가 뭐라 한들 결국 마지막 목표는 나 자신입니다. 내가 어떻게 살아가는지, 어떻게 하고 싶은지가 가장 중요합니다.

그러니 내세울 거라곤 오랜 세월 일한 것뿐이지만, 제 이야기에 한번 귀를 기울여주세요. 제 이야기를 통해 일상의 고민거리가 하나둘 줄어들어 모든 일을 조금이라도 잘 풀어나갈 수 있기를 바랍니다.

나카무라 쓰네코 中村恒子

내 마음과 타협하여 인생을 잘 풀어가는 방법

나카무라 쓰네코는 1945년 종전이 임박한 6월, 의사가 되기 위해 열여섯 살에 홀로 히로시마 오노미치 시에서 오사카로 떠났습니다. 그 뒤 여든아홉이 된 지금까지 줄곧 정신과 의사로 일하고 있습니다. 얼마 전까지만 해도 주 6일 풀타임 근무를 하다 2017년 8월에야 주 4일 근무로 바꾸었죠.

키 148센티미터, 몸무게 40킬로가 채 안 되는 작은 체구에서 따뜻하고 깊은 사랑이 담긴 말이 흘러나옵니다. 그 말에 환자들은 다시 살아갈 용기를 얻죠. 꺼질 듯 가늘었던 촛불이 점차 빛을 내며 강렬한 불꽃으로 되살아나듯 말입니다. 물론 환자들만이 아닙니다. 나카무라 쓰네코를 만나본 사람들 대다수가 그 담담하게 일하는 모습, 그 인품에 힘을 얻고 기운을 내죠. 이번에 나카무라 쓰네코의 이야기를 듣고 기록한 저 역시 그런 사람 중 하나입니다.
그가 살아가는 방식은 한마디로 말하면 '매일 담담하게'입니다. 결코 세련되지도, 효율적이지도 않지만 언제나 눈앞의 일에 충실한 자세로 살아갑니다. 억지스러움이라곤 전혀 느껴지지 않습니다.
그의 꾸밈없는 모습은 우리에게 '이렇게 살아도 되는 걸까?' '이렇게 살면 되는 걸까?' 하는 깨달음을 줍니다. 어떻게 하면 나카무라 쓰네코처럼 매일 담담하게 의연하게 살아갈 수 있을까요? 결과적으로 그것이 '인생을 잘 풀어가는' 방법일까요?
그 파란만장한 반생을 포함해 부디 끝까지 즐겨주시기 바랍니다.

오쿠다 히로미奥田弘美

차례

CHAPTER 2. 기대하지 않아야 인생이 잘 풀린다

CHAPTER 3. 인간관계의 오묘함

CHAPTER 4. 마음의 평정 찾기

CHAPTER 5. 일과 가정을 양립해가는 비결

CHAPTER 6. 하루하루 담담하게 살아가기

CHAPTER 1.

무엇을 위해 일하나요?

돈 때문에 일하는 건
부끄러운 일이 아니다

정신과 의사로 일하다 보면 '무엇 때문에 일하는 걸까?' 하고 고민하는 사람을 자주 만납니다. 일에 보람이 없다, 누구도 칭찬해주지 않는다, 인간관계가 힘들다, 원인은 제각각입니다. 다들 괴로워 보이죠.

하지만 생각해보세요. 애초에 인간은 무엇을 위해 일하는 걸까요? 하고 싶은 일을 실현하기 위해서? 꿈을 이루기 위해서?

하지만 좀 더 근본적인 이유를 대자면 인간은 생활하기 위해 일을 합니다. 아주 먼 옛날부터 그래왔답니다. 내가 먹고살기 위해, 가족을 먹여 살리기 위해 일하죠. 그것이 일을 하는 첫 번째 목적입니다. 심신에 장애가 있는 사람이라면 모를까 건강한 사람은 모두 자신을 부양할 책임이 있습니다. 나 자신을 먹여 살릴 수 있게 돼서야, 자신의 두 다리로 사회에 우뚝 서고 나서야 비로소 '어엿한 어른'으로 인정받습니다.

따라서 돈 때문에 일한다는 건 부끄러운 일이 아닙니다. 당연한 일이에요. 아주 훌륭한 일입니다. 직접 돈이 되지는 않더라도 남편이나 아내가 하는 일을 뒷바라지하고 가족을 지키는 것. 자식이나 가족을 돌보는 것도 중요한 일입니다.

돈의 액수는 상관없습니다. 자신과 가족이 생활할 수 있다면 그걸로 충분해요. 인간은 모두 그렇게 살아왔습니다.

제가 의사가 된 것도 '남을 돕고 싶다' 같은 거창한 이유에서가 아니었습니다. '이렇게 저렇게 흘러가다 어쩌다 보니' 그렇게 됐을 뿐이랍니다.

저는 1945년 6월, 열여섯 살 때 히로시마의 오노미치 시에서 오사카로 떠났습니다. 종전 직전이었기에 열차는 여기저기 성한 데가 없었고 승강구 발판까지 사람들로 가득 찬 상태였지요. 친절한 아주머니가 창문으로 끌어올려준 덕분에 겨우 열차에 탈 수 있었던 기억이 납니다.

아버지는 가난한 초등학교 교사였고 형제가 다섯이었습니다. 부모님은 두 남동생을 끔찍이도 아끼셨는데 전 이런 말을 들으며 자랐습니다. "여학교를 졸업하고 나면 교사가 되든지 시집을 가든지 되도록 빨리 독립하거라."

자녀가 많은, 시골의 평범한 가정에서는 당연한 일이었죠. 그런 환경 탓에 전 하루빨리 일자리를 찾아야만 했습니다. 그때 오사카에서 개업의로 일하던 숙부가 "친척 중에 의사가 되고 싶은 사람이 있으면 학비를 전액 대겠다"라고 제안한 겁니다. 당시 남자 의사들은 모조리 군의관으로 끌려가 의사가 심각하게 부족한 상황이었습니다.

그런 연유로 전 의사의 길을 가게 되었습니다. 즐거우니까 또는 하고 싶어서가 아니라 달리 선택의 여지가 없어서 의사가 된 것이죠.

덧붙이자면 전 개업의는 아닙니다. 70년 정도 의사 일을 하고 있지만 줄곧 병원에 고용된 의사, 그러니까 월급쟁이입니다(웃음). 딱히 야망도 없었고 아이들을 키우려면 돈이 필요해서 일했습니다. 그렇게 살다 보니 아이들은 어느덧 훌쩍 커 독립했고 저도 나이를 먹어 일을 그만두고 싶었지만, 단골 환자들 때문에 여의치 않더군요. 그러다 정신을 차리고 보니 벌써 70여 년이 흘렀네요.

좋게 말하면 흐름에 몸을 맡긴다고 해야 할까요? 너

무 심각하게 생각하지 않으려고 합니다. 일에 대한 자세는 그 정도면 되지 않을까요?

지금은 사람을 불안하게 만드는 뉴스나 누가 어떻게 사는지 등 여러 정보를 쉽게 접하는 시대입니다. 그렇다 보니 불안과 불만으로 괴로운 심정도 모르는 바는 아닙니다. 하지만 앞날이 불안하고 어떻게 될지 모르는 건 어느 시대나 마찬가지랍니다.

우리가 몸부림을 친들 그건 어쩔 수 없을 때가 많아요. 정치가 어쩌고 경제가 어쩌고 하기 전에 눈앞에 닥친 생활이 있고 나 자신과 가족을 지켜야 하죠.

그러니 '왜 일을 하는 거지?' 하고 방황할 때는 단순하게 '먹고살 돈을 벌기 위해서'라고 결론지으면 그만입니다. 그것이 인간이 일을 하는 원점이니까요.

'사는 보람'이나 '자기 성장' 같은 건 자신을 제대로 먹여 살릴 수 있게 된 다음 여유가 있을 때 조금씩 천천히 생각하면 됩니다. 인생은 생각보다 길답니다.

지금 이미 자신을 먹여 살릴 만큼 돈을 버는 사람은 충분히 훌륭한 사람이에요. 그것으로 만족할 수 없다면 어던가에 욕구불만이 있는 겁니다. 그렇다면 어떤 욕구가 충족되지 않는지 한번 생각해보는 것도 좋습니다.

살기 위해 일하는 건 전혀 부끄러운 일이 아닙니다.

내 일이 아니라고 생각하기 전에
먼저 마음을 열고 받아들여보자.
그래야 인간은 앞으로
나아갈 수 있다

외래 환자와 이야기하다 보면 "지금 일하는 직장에서는 성장할 수 없다" "일하는 목표를 잃었다"라며 진지하게 고민하는 사람들이 있는데, 너무 어렵게 생각하지 않나 싶습니다.

인생에서 일하는 시간은 제법 깁니다. 너무 큰 기대를 하거나 애착을 가지면 실망하고 초조해지기 쉽죠. 체면이나 지위, 명예 따위에 얽매여 남의 눈을 의식해서 일하면 정말 피곤해집니다. 그렇게 살다가는 몇 십 년 일하기도 전에 쓰러지고 말 거예요.

모든 일을 다 열심히 할 필요는 없습니다. 주어진 일에 전투태세를 취하기보다는 먼저 받아들이세요. 미간을 찌푸리며 늘 '이 일의 의미는?' 같은 어려운 문제를 생각한다면, 누구라도 불편해서 일을 맡기려 하지 않을 겁니다. 젊은 사람이나 오래 근무한 사람이나 마찬가지입니다. 정년퇴직 후 재취업한 사람 중에서도 '이 일이 정말 내가 해야 할 일인가?' 하고 못마땅한 얼굴을 하는 경우가 있는데, 너무 심각하게 일을 받아들이지 않아야 마음이 편합니다.

예로부터 흔히 "큰 뜻을 품어라"라고 하는데, 너무

큰 야망이나 높은 목표를 가지면 앞날이나 성과에만 집착하게 됩니다. 그러면 당장 해야 할 일에 집중하지 못하고 갈팡질팡할 수 있어요.

조금 눈높이를 낮춰보면 어떨까요? '난 이런 일을 할 사람이 아니야' 하고 너무 진지하게 생각하기 때문에 매사가 순조롭지 않은 거랍니다. 괜한 힘을 빼고 '뭐 이 정도면 됐지' '지금은 이럴 때가 아냐' 하고 허세 없이 순순히 받아들여야 마음이 편해집니다.

그렇게게 하면 주어진 일에 온전히 집중할 수 있게 될 뿐 아니라 일을 부탁한 사람도 기뻐합니다. 한층 마음 편히 일할 수 있죠. 그렇게 받아들이고 난 뒤에도 그 상황이 거북하다면 그때부터 노력이든 공부든 시작하면 됩니다. 일단 한번 받아들이지 않으면 앞으로 나아갈 수 없습니다.

사실 인간은 일흔이 되고 여든이 되면 '승자'도 '패자'도 없습니다. 지위나 경력 따위는 알 바 아니죠. 신분 차이도 없습니다. 나와 내 가족이 건강하고 행복하다면, 잡담을 나눌 친구가 있다면 그 밖에는 아무것도 필요 없습니다.

반대로 돈을 많이 번다 해도 몸이 망가질 정도로 일하느라 자신과 가족 모두 피폐해진다면 어떨까요? 그야말로 불행입니다.

실제로 돈은 있지만 마음 한구석이 늘 허전한, 불안하고 고독한 사람은 이 세상에 생각보다 많습니다. 그래서 저에게 진료를 받으러 오는 사람도 많죠. 예전에는 '풍족한 삶이 목표'라는 생각이 지배적이었지만 지금은 다릅니다. 예순에서 인생이 끝나지는 않습니다. 예순 이후에도 오래 사는 사람이 많으니까요.

필요 이상으로 긴장하지 말고 '지금 내 눈앞에 있는 사람에게 도움이 되면 좋겠어' 정도의 기분으로 일을 해보면 어떨까요? 밥을 먹을 수 있고 그럭저럭 생활할 수 있다면 성공한 사람입니다. 그리고 내가 하는 일로 눈앞의 사람이 기뻐한다면 횡재한 셈이죠.

그런 마음가짐이 이 길고 긴 인생을 살아가는 데 중요하지 않을까요?

지금 하는 일을 좋아하지 않아도
전혀 문제없다.
'안 하는 것보단 낫다'라는
자세가 꾸준함의 비결이다

여든여덟이 될 때까지 주 6일 풀타임으로 근무해서인지 그동안 이런 말을 많이 들었습니다.

"선생님은 정말 일을 좋아하시는군요."

하지만 전 단 한 번도 "그럼요, 전 이 일이 정말 좋아요"라고 대답한 적이 없습니다. 아주 싫은 건 아니지만 아주 좋아하지도 않죠. "좋아요, 싫어요?"라고 묻는다면 제 대답은 "좋아하는 편……이려나?" 저에게 일이란 항상 그런 의미랍니다.

이를테면 20대에는 '일을 하지 않는다'라는 선택지 자체가 없었습니다. 부모님에게 기댈 수 없으니 먹고살려면 일을 해야 했죠. 적성을 따질 겨를도 없었습니다. 결혼을 하고 나서도 일은 적성 이전에 '계속해야만 하는 것'이었고 상황은 달라지지 않았습니다.

그렇게 몇 십 년을 지내다 보니 일은 생활의 일부가 되어버렸고 아이들이 독립한 뒤에도 자연스레 일은 계속했습니다. 사실 집에 있어도 딱히 할 게 없더군요(웃음).

'좋아하는 일을 해야 해' '일은 즐겁게 해야 해' 하고 진지하게 생각하는 사람이 있는데, 그럴 필요는 전혀 없습니다. 물론 정말 하고 싶은 일을 발견한다면 가장 이상적이겠지요. 하지만 그건 복권에 당첨되는 것이나 마찬가지랍니다. '일을 하다 보면 언젠가 좋아하는 일을 만날지도 몰라' 정도의 자세로 살아야 괜한 스트레스 없이 일할 수 있습니다.

'하지 않는 것보단 낫겠지'라는 마음가짐이 일을 착실히, 꾸준하게 할 수 있는 비결입니다. 그런 마음가짐이라면 과도한 기대를 하지 않기 때문에 성가시고 불쾌한 일이 생겨도 '뭐 살다 보면 이런 일도 있는 거야' 하고 느긋하게 넘길 수 있죠. 그러다가 간혹 생각지도 못한 기쁜 일, 즐거운 일이 생기면 그걸로 충분합니다.

가령 청소나 빨래도 정말 좋아서 하는 사람은 별로 없지요. '생활하기 위해서' 하지 않나요? 일도 마찬가지입니다. 여행이나 놀이도 가끔 하면 즐겁지만 자주 하면 싫증이 납니다. 자극이란 건 금세 익숙해지기 마련이니까요.

일이 적성에 맞느냐는 사실 사소한 문제이며, 일의 내용보다는 인간관계가 훨씬 중요합니다. 제 경험상, 일이 싫어지는 원인의 대다수는 인간관계입니다. 어디를 가도 일이 싫어진다면 사람을 사귀는 방식에 문제가 있을 수 있어요. 따라서 일할 때 너무 적성을 따질 필요는 없습니다.

그리고 어떤 일이든 일할 수 있는 동안에는 나이와 상관없이 계속하는 것이 좋습니다.

시간이 남아돌면 인간은 괜한 생각을 하기 마련입니다. 신경 쓰지 않아도 될 일에 신경을 쓰죠. 쓸데없는 일에 참견을 하려 듭니다. 한가함은 독입니다. 그러니 '적당히 바쁘게' 사는 것이 좋아요.

요즘 시대라면 '좋지도 싫지도 않은' 일 정도는 찾을 수 있습니다. 서두르거나 조바심내지 말고 잘 생각해서 '아주 좋아하진 않지만 오래 할 수 있는 일'을 찾아보세요.

그리고 나이가 들었을 때 그 일이 식사나 청소처럼 자연스럽고 평온한 습관으로 자리 잡는다면 더할 나위 없겠지요.

회사는 타인이 만든 돈벌이용 상자.
계속 전진하든 멈추든 마지막은
스스로 선택하고
누구의 탓으로도 돌리지 말 것

눈앞의 일에 최선을 다 하라고 했습니다만, 일을 주는 대로 다 받아들이라는 뜻은 아닙니다.

가장 중요한 건 나 자신입니다. 내가 건강하지 않으면 가족을 불안하게 만들고 부정적인 생각만 하게 될 테니까요.

만일 자신에게 큰 희생을 강요하는 직장이라면 당장 도망쳐도 괜찮아요. 환자의 이야기를 듣다 보면, 집요한 따돌림이나 갑질, 잠 잘 시간도 없을 만큼 야근에 시달리는 등 안쓰러운 경우가 많습니다. 이상하게도 그런 직장에서 몸과 마음이 병들어가는 사람일수록 '도망치면 안 된다'라고 고민합니다.

너무 고지식해서랍니다. "참고 견디면 복이 온다"라는 말은 일정 부분 진실이기는 하지만 그건 어디까지나 '내 몸과 마음이 건강하다면'이라는 전제가 있어야 합니다.

진심으로 '여기선 도저히 못 견디겠어' '이젠 안 되겠어!'라고 생각한다면 도망치세요. 몸과 마음이 망가지기 전에 그만두는 편이 낫습니다. 과로사는 당치도 않아요. 회사라는 건 '타인이 만든 돈벌이용 상자'일 뿐입니다. 그

작은 상자에 자신의 소중한 목숨과 가족의 행복을 전부 걸어서는 안 됩니다.

스스로 '도망치기'로 마음먹었다면 떳떳하게 도망치세요. 단, 도망칠 때는 잘 도망쳐야 합니다. 잘 도망친다는 건 최대한 민폐를 끼치지 않는다는 의미입니다. '떠날 때는 뒤처리를 깨끗이 하라'라는 말이 있죠. 사람은 언제 어디서 인연이 닿을지 모르기 때문에 가능한 피해를 주지 않도록 정리하고 떠납시다.

그리고 되도록이면 '도망갈 곳'을 확보해둔 뒤에 그만두는 것이 가장 좋습니다. "일단 그만두고 나서 다른 직장을 알아볼 생각이에요"라고 하는 사람들이 있는데, 조금 위험한 생각입니다. 그야말로 벼랑 끝에 내몰린 상황이라면 몰라도 말이죠.

그러지 않기 위해서라도 몸과 마음이 피폐해질 대로 피폐해진 뒤에 도망치지 말고, 도망갈 준비를 할 만한 체력과 기력이 있을 때 결단을 내려 현명하고 빈틈없이 실행해야 합니다.

무릇 인간이 어떤 큰 결단을 할 때는 '더 분발하자'라는 긍정적인 마음뿐 아니라 '도망치고 싶다'라는 부정적인 마음도 공존하는 것이 보통입니다. 즉 '도망치고 싶다'라는 마음도 인생을 변화시키는 원동력의 일부죠.

중요한 건 어느 쪽이든 '자신의 의지로 결정하는 것'입니다. 그리고 '결정한 결과에 책임을 지는 것'입니다. '전에 다니던 직장이 끔찍했기 때문에 지금 내가 이렇게 됐다'가 아니라 '내 의지로 그 직장을 나와 내 의지로 지금 여기에 있다'라는 자각이 필요합니다.

어느 누구의 탓으로 돌리지 않고 스스로 결정한 일이라면, 그 뒤에 무슨 일이 있어도 헤쳐 나갈 수 있습니다.

스스로 결정해서 현명하게 도망친다면 저는 대찬성입니다. 내 인생은 다른 누구도 아닌 바로 나 자신의 것이니까요.

EPISODE 1

종전 직전,
히로시마에서 오사카로 홀로 떠난 소녀

나카무라 쓰네코는 1929년 1월 1일, 히로시마 현 오노미치 시 인노시마에서 태어났습니다. 다섯 남매 중 둘째로, 언니와 여동생 그리고 두 남동생을 두었죠. 집안 형편이 넉넉지 않았지만 남다른 교육열을 가진 부모님은 자식들 모두 중등교육을 받게 했습니다.

그런 쓰네코가 고등여학교(19세기 후반~2차 세계대전 직후까지 존속한 일본의 여자 중등교육기관—옮긴이)를 다닐 무렵, 일본은 전쟁이 한창이었고 상황은 최악으로 치닫고 있었습니다.

학교에서까지 동원된 아이들은 강제 노동에 투입됐고, 쓰네코 역시 매일 '범포'라는 천을 짜는 근로봉사에 동원됐습니다. 그는 당시 경험을 이렇게 말합니다.

"전 체구가 작아서 베틀에 앉진 못하고 늘 실을 운반해야 했어요. 공장 사람들이나 인솔 교사 모두 친절했지만 어찌나 따분하던지. 학교에서 공부해야 할 시간에 시커멓게 물들인 윗도리에 헐렁한 바지를 입고 허구한 날 공장에서 실을 나르고 있다니. 언젠가 일본이 전쟁에서 질 거라는 건 어린 나조차도 어렴풋이 알고 있었어요. 전쟁에서 지면 어떻게 될까? 그렇게 앞날을 전혀 알 수 없는 하루하루를 우울하게 보내고 있었답니다."

그런 와중에 의사들 역시 군의관으로 줄줄이 전쟁터에 동원되면서 국내 의사는 부족한 상태였고 지방은 상황이 더 심각했습니다.

1943년 10월, 정부는 '전시 비상조치'를 공포하고 국내에 의사 전문학교를 연이어 신설했습니다. 젊은 남자들이 징집된 탓에, 여의사를 양성하기 위한 의학전문학교도 서둘러 설립했죠. 그때 오사카에서 개업의로 일하던 쓰네코의 외삼촌이 이런 제안을 합니다. "나라를 위해 의사가 되는 사람에게는 학비를 대주겠다." 이 이야기에 부모님은 몹시 기뻐했고 "쓰네코, 꼭 의사가 되거라" 하며 오사카 여자고등의학전문학교(현 간사이 의과대학. 이하 오사카 여자의전)의 시험을 치도록 권유했습니다.

쓰네코 스스로도 이런 생각이 들었습니다. '군수 공장에서 앞날이 불투명한 나날을 보내느니 오사카에서 의사가 되는 게 나을지도 몰라. 그러면 공부도 다시 할 수 있고……'

그렇게 당시 열여섯 살 소녀였던 쓰네코는 홀로 보자기 하나와 트렁크를 들고 오노미치 역에서 오사카로 향했습니다.

그러나 일은 순탄하지 않았습니다. 전쟁 말기인 당시, 오노미치에도 미국의 B29 폭격기가 나타난 겁니다. 배급 행렬과 논밭에서 일하는 사람들을 노린 공습이 여기저기서 발생했습니다. 쓰네코는 이렇게 회상합니다.

"당시엔 누구나 죽음의 존재를 가깝게 느낄 수밖에 없었어요. 어딜 가든 죽을 사람은 죽고 살 사람은 산다는 각오로 살았죠."

더구나 철도는 군수품 수송이 우선이었으니 여객용 열차는 그 수가 감소한 상태. 이 때문에 열차는 늘 승객들로 미어터질 지경이어서, 객차뿐 아니라 견인하는 증기기관차의 승강구 발판까지 사람들로 넘쳐났습니다. 정상적인 방법으로는 열차에 오르기 어렵다 보니 차창을 통해 타고내리는 사람이 끊이지 않았습니다.

오노미치 역 승강장에서 연기를 내뿜으며 서 있는 열차 창문을 쓰네코 역시 다른 승객들처럼 쾅쾅 두들기며 걷노라니, "이쪽으로 타요!" 하며 한 친절한 중년여성이 창문을 열고 열차 안으로 끌어올려주었습니다. 그런데 그 열차도 공습경보로 중간에 몇 번씩 멈춰 섰고, 그때마다 승객들은 열차에서 내려 덤불이나 숲으로 대피해야 했습니다.

당시 오노미치에서 오사카까지 열차가 순조로이 달릴 경우 일곱 시간 정도 걸렸는데, 승객을 가득 태우고 달리는 열차는 B29의 좋은 표적이었습니다. 외벽에 탄흔이 남은 채 운행하는 기차와 객차도 드물지 않았습니다.

"그땐 어딜 가나 똑같았어요. 전국이 온통 전쟁 일색으로 즐거움도 희망도 없었죠. 사치나 놀이도 일절 금지, 오로지 국가를 위해, 천황폐하를 위해 모든 사람이 사고 정지 상태였던 거예요. 죽음이 바로 곁에 있으니 감정마저 마비됐던 건지도 몰라요."

그래서 그리 큰 불안감은 없었다고 쓰네코는 말합니다. 약 열 시간 만에 오사카에 도착한 그는 마키노 지구에 있는 오사카여자의전으로 향했습니다.

CHAPTER 2.

기대하지 않아야 인생이 잘 풀린다

행복해야 한다고
생각하지 않아야 행복하다.
불필요한 짐은 내려놓고 가자

자신이 행복한지 불행한지 몹시 신경 쓰는 사람이 있습니다. 그야 물론 인간은 행복한 게 제일입니다.

그런데 꼭 행복해야 할까요? 전혀 그렇지 않습니다.

사실 행복과 불행은 별 의미가 없습니다. 행복하다는 판단은 대개 '다른 사람과 비교해서 나는 어떠한가?'로 결정하는 경우가 많습니다. 수입, 집의 위치나 크기, 자식의 학교와 성적, 무엇을 먹었나, 옷차림이 얼마나 근사한가, 이런 것들로 행과 불행을 판단하다 보면 끝이 없습니다. 무얼 하든 자신이 좋아서 하는 거라면 상관없지만 '남들이 그렇게 하니까 나도 그래야 한다'가 기준이 되면 고달파집니다.

'이래야만 해'라는 건 무거운 짐이나 마찬가지입니다. 내가 좋아서 스스로에게 짐을 지운 거라면 전혀 문제가 없지만 타인을 기준으로 삼으면 그 짐이 너무 무거워집니다. 스트레스일 뿐이죠. 사실은 그러고 싶지 않은데 마지못해 짐을 진 상태이기 때문에 갈수록 버겁습니다. 그러면 "내가 이렇게 힘드니까 당신도 그래야 해!" 하고 타인에게 자신의 생각을 강요합니다.

악순환이죠.

그러나 분명히 말하자면 '그래야만 한다'며 아등바등할 때는 '욕구 불만'인 경우가 많습니다. 말이 욕구 불만이지 그 내용을 살펴보면 '그렇게 노력을 하다니 참 대단하다는 칭찬을 받고 싶다' '더 행복해지고 싶어서 힘들어도 버틴다' 등 원인은 사소한 것일 때가 많습니다.

하지만 타인의 가치관에 얽매여 있다면 내 욕구 불만의 정체를 알 수 없습니다.

젊을 때는 욕구 불만을 지렛대 삼아 좀 더 열심히 사는 것도 나쁘지 않습니다. 그럴 만한 에너지와 잠재력이 있을 시기이니까요. 하지만 나이가 들수록 자신을 제대로 인식해 '더, 더'를 하나씩 버려야 편해집니다.

하루하루가 괴롭다면 무언가를 자꾸 보탤 것이 아니라 '이거면 됐어' 하고 수긍하는 길도 있지 않을까요?

세간에서는 이를 '체념'이라고 할지 모르지만 체념이 나쁘다고 보지 않습니다. '체념하다'는 본디 '매사를 분명히 하다'가 어원이라고 합니다(일본어 '체념하다諦める'와 '분명히 하다明らめる'는 발음아키라메루이 동일하다—옮긴이).

다시 말해, 체념한다는 건 자신의 생활 방식을 분명히 하는 일이기도 합니다. 돈이나 생활 방식도 '나에게 알맞은 정도'를 알아야 합니다. 출세하는 인생이나 그렇지 않은 인생, 자식이 있는 인생이나 없는 인생 모두 남과 비교한들 정답은 없습니다.

스스로 납득하면서 나아가세요. 지금 당장 중요한 것을 중심으로 한 발 한 발 내딛는 겁니다.

이렇게도 해보고 저렇게도 해봤지만 도저히 만족할 수 없다면, 현실적으로 가능한 일을 고민해보고 조금씩 새로운 걸 시도하세요.

남과 비교하며 행복을 찾은들 자신이 진정으로 원하는 답을 찾을 수 없습니다. 본디 행복이라는 감각은 몹시 불안정하고 미덥지 못한 감각입니다. 좀처럼 오래 지속되지 않죠.

너무 거창하게 생각할 필요는 없어요. 기쁠 때는 마음껏 기뻐하면 되고, 해야 할 일이 생기면 '별 수 없지' 하고 담담하게 해내면 그만. 인생이란 그런 일의 반복이 아니던가요?

'이래야만 해'라고 생각하는 것들 대부분은 '꼭 그렇진 않잖아?' 하고 가볍게 넘겨봅시다.

남을 변화시키는 일에
에너지 소모하지 않기.
'어떻게 하면 내가 쾌적하게
지낼 수 있을까?'
이런 고민에 에너지를 사용하자

인생은 생각대로 되지 않는 일투성이입니다.

'좀 더 이렇게 해주면 좋을 텐데.'

'저 사람은 왜 늘 저런담.'

'저건 좀 아니잖아.'

여러 사람이 모이면 이런저런 불평불만이 생깁니다. 최고의 직장이라고 생각해서 들어간 곳도 시간이 지나면 단점이 보이기 시작하죠. 처음에는 정말 사랑해서 결혼한 사람도 오래 함께 살다 보면 용납하기 힘든 부분이 보입니다. 병원을 찾은 환자들을 통해 수많은 고민거리를 들어왔지만 이러한 인간의 고민은 끊이지 않습니다.

꼴 보기 싫은 사람, 도무지 맞지 않는 사람이 있다면 그 사람과는 멀찌감치 떨어져서 사는 게 가장 속 편합니다. 그 사람이 너무 싫어서 미칠 지경이라면 과감히 떠나면 그만입니다. 요즘은 회사도 쉽게 그만둘 수 있고 이혼도 드문 일이 아닙니다.

하지만 인생이란, 새로운 곳에 가도 정도의 차이만 있을 뿐 싫은 사람, 안 맞는 사람은 많든 적든 만나기 마련입니다. 시대도 바뀌고 조직도 바뀌고 사람도 바뀝니다.

그러면 생각대로 되지 않는 일이 반드시 생깁니다. 직업을 바꾸고 배우자를 바꿔도 단점은 꼭 있기 마련이죠.

결국 어딜 가나 마찬가지랍니다. 100% 만족하는 환경은 존재하지 않아요.

따라서 중요한 건 '지금 여기서 어떻게 하면 내가 쾌적하게 지낼 수 있을까?'를 중심으로 생각하는 일입니다. 남을 변화시켜 쾌적하게 만들 것이 아니라 '내가 어떻게 행동하면 쾌적해질까?' '어떻게 해야 여기서 기분 좋게 지낼 수 있을까?'를 생각하세요.

솔직히 타인을 변화시키기란 쉬운 일이 아닙니다. 100% 불가능은 아니지만 어지간한 노력으로는 다른 사람의 생각이나 행동을 바꿀 수 없습니다. 갖은 수단을 다 써가며 몇 년, 십 몇 년씩 철저하게 관리하겠다는 각오와 에너지가 필요한 일이죠. 저도 결혼 생활을 통해 많이 배웠습니다.

저는 스물일곱에 외과(이비인후과) 의사인 남편과 결혼했습니다. 친구들이 좋은 사람이라고 소개해줘서 결혼까지 했지만 이 사람이 정말 보통이 아니었어요(웃음). 천

성이 나쁜 사람은 아니었지만 여하간 술을 너무 좋아해서 2차, 3차가 다반사인 데다 술값 내기가 특기. 집안일은 아랑곳 않고 매일 밤 사람들과 부어라 마셔라, 흥청망청 돈을 써댔죠. 그러니 수입은 불안정할 수밖에요.

몇 차례 잔소리를 해봤지만 사람의 성격이란 쉽게 바뀌지 않더군요. 이혼 서류로 협박도 해봤지만 잠시 얌전해질 뿐, 또 같은 일이 되풀이되었죠. 이런 말까지 들어가면서 왜 고치려 하지 않을까? 내가 얼마나 속상한지 알기나 할까? 저는 점점 화가 났습니다. 그런 일이 반복되다 보니 남편이 달라지기를 바라는 저 자신이 바보 같아서 결국 체념하고 말았죠.

자, 남편은 달라지지 않은 상태에서 어떻게 하면 쾌적한 가정이 될 수 있을까요? 생각해보니 생계는 제가 돈을 벌면 되겠다 싶었습니다. 남편 수입에는 전혀 기대지 않기로 했죠. 부모가 맞벌이를 하니 두 아들이 어릴 때는 참 서운한 점이 많았을 터입니다. 하지만 아이들에게는 아버지와 어머니가 함께 있고 가정이 원만한 것이 가장 중요하다고 생각해, 되도록 평온한 일상이 되도록 노력했습니다.

쌓일 대로 쌓인 제 스트레스는 어떻게 됐을까요? 환자들과 남편 욕을 하며 해소했습니다(웃음). 주치의와 함께 남편 험담을 하는 게 환자에겐 무척 즐거운 듯했고, 덕분에 여성 환자들과는 각별히 친밀해졌습니다. 요행수였다고나 할까요(웃음)?

여하튼 타인의 성격이나 행동을 변화시키는 일은 지극히 어려운 일이므로 내가 어떻게 하면 될까, 어떻게 행동하면 조금이나마 쾌적해질까, 그러한 관점이 중요합니다. 그렇게 하는 편이 자신에게 오는 부담을 고려할 때 훨씬 효율적이죠.

저는 성격이 안 맞는 사람과는 얕고 무난한 관계를 유지하고, 대화가 즐거운 사람이나 살 맞는다 싶은 사람과는 아주 가까이 지냅니다. 여러 장소, 여러 병원에서 일해왔지만 이 기본은 항상 동일합니다.

성격이 안 맞는 사람, 싫은 사람은 되도록 신경 쓰지 않고 즐거운 사람, 성격이 잘 맞는 사람에게 관심과 시간을 집중하면 어디에 있든 그럭저럭 오래 머물 수 있답니다.

정은 집착의 증거.
가족이라도
나는 나, 타인은 타인이다.
내 생각을 강요하면
나와 상대 모두 괴롭다

저는 열여섯 살 때 오사카로 떠난 뒤 고향인 오노미치로 돌아가지 않고 계속 의사 일을 해왔습니다. 그래서 종종 이런 말을 듣곤 합니다.

"외롭지 않으셨어요?" "불안하지 않던가요?" "참 강하시네요."

솔직히 저라고 왜 외로움과 불안감이 없겠어요. 하지만 그냥 살아갈 수밖에 없었습니다. 제가 유독 강인한 사람이라서가 아닙니다. 안 좋은 일을 겪으면 기분이 언짢아지고 푸념도 많이 했답니다.

그래도 불안감이나 외로움에 크게 시달리지 않았던 이유는 '사람은 혼자서 살아가는 존재'라고 생각하기 때문이 아닐까 합니다.

어딜 가나 사람은 혼자입니다. 이는 부모와 자식 간에도 해당되는 말이에요. 한 사람 한 사람이 저마다 의지를 가진 인간이므로 항상 같은 곳을 바라보며 살 수는 없습니다. 동료가 어쩌고 친구가 어쩌고 하면서 늘 누군가와 함께 있기를 바라거나, 아이를 키우며 "친한 이웃 엄마가 없다", 직장에서 "친한 사람이 없다"라며 심각하게 고민하는 건 시간 낭비입니다.

물론 친한 친구나 동료가 있는 것만큼 좋은 것도 없습니다. 그야말로 마음의 오아시스라고나 할까요. 내 이야기를 들어줄 사람이 있는 것만으로도 마음이 편안해집니다. 그렇다고 해서 친한 사람이 언제 어디서나 나를 도와줄 수는 없습니다. 적당한 거리감과 체념이 필요합니다.

무릇 인간관계는 물처럼 유동적인 것. 아주 사소한 일로 가까워지기고 하고 멀어지기도 하죠. 인간은 자신에게 이익이 되는 쪽으로 흐르며, 오랫동안 또는 거리가 멀어서 만나지 못하면 인연도 갈수록 멀어집니다. 인간관계란 그런 거랍니다.

결혼한 상대가 늘 내 생각만 하고 날 이해해주던가요? 기껏해야 신혼 때나 그럴 거예요(웃음). 사람은 저마다 의지가 있고, 상황이 있고, 인생이 있으며, 그 모든 게 자꾸 변해갑니다. 피를 나눈 형제는 물론 부모와 자식도 마찬가지입니다. 밤이나 낮이나 내 걱정만 해주지는 않습니다. 당연한 일이에요. 어릴 때는 눈에 넣어도 아프지 않을 만큼 귀여워하던 자식도 성장해서 독립하면 자신의 인생을 살아갑니다. 그것이 부모의 역할이고 자식의 역할이며, 인간이 살아가는 방식입니다.

그러니 다른 사람이 내 기대와는 다른 행동을 했다고 해서 서운해 하거나 슬퍼하지 마세요. 정情은 언뜻 좋아 보이지만, 관점을 달리하면 타인에 대한 집착이자 내 이기심의 증거이기도 합니다. 서로가 서로를 옭아매고 의존하는 관계는 건전하지도 않거니와 부자연스럽습니다. 피곤할 뿐이죠.

타인이 나에게 관심을 가질 때는 솔직하게 고마움을 표하세요. 그리고 상대가 주는 애정 그 이상을 바라지 말고 기쁘게 받아들이세요.

반대로 타인이 떠나갈 때는 그냥 내버려두세요. '오는 사람 감사히 여기고 가는 사람 잡지 말라'가 결국 서로에게 가장 편하지 않을까요?

타인을 믿지 말고 친구도 없이 외로이 살라는 이야기가 아닙니다. 다른 사람에게 친절을 베풀고 싶을 때는 그렇게 하면 되고, 연락을 하고 싶을 때는 연락하면 됩니다. 상대가 하는 말을 듣고 싶을 때는 들으면 되고, 믿고 싶을 때는 믿으면 됩니다. 하지만 타인은 타인, 처음부터 끝까지 각자 다른 인생을 살아가고 있음을 잊어서는 안 됩니다.

나는 결국 혼자라는 생각으로 살아가면 타인에게 필요 이상으로 집착하지 않습니다. 그러면 신기하게도 홀가분해진답니다. 쓸데없는 일에 얽매이지 않고 자신이 하고 싶은 대로, '있는 그대로의 모습'으로 살아가는 일이 더는 무섭지 않아요. 결과적으로 그렇게 사는 것이 내가 사귀고 싶은 사람과 사귈 수 있어 좋은 인간관계를 만들 수 있습니다.

누군가에게 괜히 울컥 화가 치밀거나 마음 한구석이 서글퍼질 때는 '나는 나, 타인은 타인'이라는 생각을 해보는 것도 좋습니다.

주어진 것들을
당연히 여기지 않기.
감사히 여기고
그 이상은 바라지 말자

저는 줄곧 월급 의사로 근무했기 때문에 여느 직장인들처럼 동료와 상사 그리고 부하가 있는 직장 환경에서 일해왔습니다.

"직장에서 인간관계로 힘들었던 적은 없으세요?"라는 질문을 받기도 하는데, 그다지 심각한 문제를 겪은 적은 없습니다.

그 비결이요?

글쎄요, 아무래도 타인에게 많은 걸 바라지 않기 때문인 듯합니다. 좋은 의미로 기대를 하지 않습니다. "~하면 좋겠어요" "~해주세요"라고 하지 않는 것이죠. 직장에서나 가정에서나 '남이 주는 대로 고맙게 받자'는 자세를 기본으로 삼으면 인간관계에 심각한 문제가 생길 여지가 없습니다.

그런데 병원에서 진료를 하거나 직장 사람들과 이야기를 해보면 "상사가 제대로 이끌어주지 않는다" "동료가 거들어주지 않는다" "남편이 집안일을 도와주지 않는다" 등 무언가를 해주지 않는다고 불평하는 사람이 꽤 많습니다.

하지만 사람은 누가 무언가를 자꾸 해달라고 하면 기분이 언짢아집니다. 더구나 그 말에 '당연히 그래야 하잖아?'라는 뉘앙스를 풍긴다면 더욱 그렇겠죠. 부하니까 이래야 하고, 상사니까 이래야 한다는 식으로 생각할 수도 있지만 우리는 역할 이전에 '인간'입니다. 특히 요즘 시대는 그 인간성을 존중해야 하죠.

남이 무언가 해주는 걸 당연시하면 고마움을 잊어버립니다. '이 정도야 당연히 해줘야지'라는 사고방식은 인간관계를 망치는 큰 요인 중 하나입니다. 하지만 상대가 무언가를 해주는 것이 당연한 일이 아님을 인식하고 살아가면 사소한 일에도 고마움을 느낄 수 있습니다.

타인이 무언가를 해주는 건 당연한 일이 아니에요. 내가 말하는 대로, 생각하는 대로 되는 건 당연한 일이 아닙니다.

이러한 사고 습관으로 사람을 대할 수 있다면 필요 이상으로 낙담하거나 고민할 일도 없습니다.

상대를 존중하면
나도 존중받는다

인간관계에서는 상대에게 무언가를 바라지 않는 것이 중요하지만, 아무래도 직장이나 가정에서는 무언가를 요구해야 할 때가 있습니다.

물론 저 역시 그렇습니다. 의사는 간호사나 사회복지 상담원, 사무직 직원에게 지시를 내려 일을 시켜야 하는 입장이므로 업무를 부탁하는 경우가 꽤 있습니다. 그럴 때는 대개 이렇게 말합니다. "바쁜데 죄송하지만 지금 잠깐 괜찮으세요?" 먼저 정중하게 상대의 사정을 묻습니다. 이때 상대가 내 이야기를 들어줄 듯싶으면 부탁할 일을 전합니다.

"그 환자에게는 ~하는 게 좋을 것 같은데, 부탁해도 될까요?" "여기를 좀 더 ~해보면 어떨까 하는데, 어떻게 생각하세요?" 이런 식으로 말이죠. "해주실 수 있을까요?" "어떻게 생각하세요?" 하고 늘 상대방 의견이나 의향을 묻고 함께 생각해서 결정합니다.

사람의 마음이란 그런 겁니다. 복잡한 듯 단순하죠. 나이나 지위는 상관없습니다. 예전에는 의사가 직원들에게 거들먹대며 명령하는 사람도 많았는데, 저는 아무리 나이를 먹어도 거만한 말투는 싫습니다. 의료 현장은 팀 단

위로 일하는 곳이므로 의사 혼자서는 아무것도 할 수 없습니다. 어느 직장이든 마찬가지입니다. 일하는 사람들이 쾌적하면 효율도 오르지 않나요? 그러면 쓸데없는 야근도 줄일 수 있습니다.

쾌적하고 기분 좋은 인간관계를 만드는 방법은 상대에게 되도록 불만을 가지지 않는 것입니다. 불만이 쌓이면 자기도 모르게 얼굴이나 태도에 드러납니다. 급기야 상대가 싫어지기도 하죠. 그럼 다른 사람에게 불만을 갖지 않으려면 어떻게 해야 할까요?

다시 한 번 반복하지만, 상대에게 많은 걸 바라지 않는 겁니다. '이 사람이라면' '이 직장이라면' 같은 생각은 환상일 뿐이니 처음부터 기대하지 맙시다. 기대하지 않고 바라지 않으면 또 다른 방식, 다른 길이 보이는 법입니다. 그러면 그 방법을 시도해보세요. 이는 결과적으로 나와 상대의 거리를 유지해주고, 근무 환경을 개선해 효율을 올립니다.

존중받고 싶다면 상대를 존중하세요. 단순하지만 아주 중요한 일입니다.

기회는 항상 우연히 찾아온다.
누군가 등을 떠밀면
그 흐름에 올라타보자

누구나 인생에서 몇 번은 큰 흐름이 밀려옵니다. 이른바 인생의 전환기, 인생의 기로라고들 하죠.

저에게도 몇 번 그 흐름이 있었습니다. 저는 종전 직후에 오사카에서 국가시험 공부를 하고 있었습니다. 의사가 되려면 1년간 병원에서 연중무휴로 일을 해야 했고(지금의 인턴), 그 뒤 가까스로 시험에 합격해 의사가 됐지만 일할 곳이 없었습니다. 병원 자체가 적었던 데다 일을 하더라도 수년간은 급료를 받지 못하는 경우가 일반적이었죠.

저에게는 돈이 없었기 때문에 그런 식으로는 생계가 막막했습니다. 어떻게 해야 하나 난처하던 차에 학창 시절 아르바이트를 하던 영화관의 아이스크림 가게 아저씨가 이런 말을 건넸습니다. "동생이 개업의를 하고 있는데 괜찮다면 소개해주마." 그래서 그 의사 선생님의 집에서 더부살이로 일을 하게 됐습니다. 사모님과 어린 두 아이가 있어 아이들을 돌보거나 청소, 빨래 등 시키는 일은 뭐든지 했죠.

그렇게 도제 살이 같은 생활을 2년 정도 했을 무렵,

오사카 거리를 걷다가 이번에는 연수(인턴) 시절 함께 공부했던 친구를 우연히 만났습니다. "나라 현립 의과대학 정신과에 조수 자리가 비었는데, 오지 않을래?"

신기한 일이 연이어 일어나는 순간이 있나 봅니다. 저는 그때 마침 일주일에 한두 번 공부를 하러 가던 오사카 시립대학의 내과에서 결핵 말기 환자들을 담당하고 있었습니다. 죽어가는 환자들에게 아무런 힘이 되지 못하는 자신에게 무력감을 느끼고 있던 전 인간의 마음을 공부하는 것도 괜찮겠다 싶었습니다. 전 "갈게!" 하고 바로 대답했고 훗날 정신과 의사가 되었습니다.

이러한 환경 변화를 '기회'로 받아들일지 또는 '공포'로 받아들일지는 사람마다 다릅니다. 어느 쪽이 정답이라고 할 수는 없어요. 제 경험에 비추어 보면, 좋은 흐름이 올 때는 신기하게도 주변 사람 역시 등을 떠밀어주는 경우가 많았습니다.

이때도 "사정이 있어 그만두고 싶다"라는 이야기를 의사 선생님에게 꺼냈더니 "마침 동생이 의사가 돼서 돌아온다고 하니 걱정 말고 가게. 자네는 젊으니 개업의 조수

보다는 대학에서 공부하면서 성장하는 게 좋을 게야" 하고 선뜻 등을 두들겨 주었습니다. 물론 개중에는 반대하거나 만류하는 사람도 있겠지만, 그럴 때 자신이 가장 신뢰하는 사람이 등을 탁 밀어주기도 합니다.

그런 흐름이 올 때는 이해타산을 따지기보다 순순히 그 흐름에 올라타는 것이 좋습니다. 이해타산을 따지면 마음속 어딘가에 개운치 않은 부분이 생깁니다. 그러니 그냥 마음 가는 대로 생각해보세요. 왠지 가슴이 두근두근 대지 않나요?

'타산이 아니라 정말 진심으로 하고 싶은 거야?' 이렇게 자신에게 질문을 던져 'Yes'라는 대답이 나오면 그 흐름에 몸을 맡기세요. 그렇게 폴짝 흐름에 올라타면 다시 새로운 흐름이 밀려옵니다. 나이가 몇이든 마찬가지랍니다.

기회를 주는 건 항상 사람입니다.

EPISODE 2

시대의 격랑에 휩쓸려 의사의 길을 택하다

쓰네코는 오사카 부 히라카타 시 마키노에 있는 오사카 여자의전(현 오사카 여자의과대학)에 입학해 기숙사 생활을 시작했으나 두 달 뒤 일본은 종전을 맞이합니다.

전쟁 말기부터 심각했던 식량난에다 미국 진주군의 지도로 교육 시스템이 완전히 바뀌면서 4년 만에 의사가 될 수 있었던 제도가 5년으로 늘었습니다. 또 졸업 후 1년간은 무급으로 인턴을 해야 하고, 의사국가시험에 합격하지 않으면 의사가 될 수 없는 등 수많은 난관이 찾아왔습니다.

"이제 와서 말을 뒤집다니, 이건 아니잖아!" 많은 동급생들이

자퇴를 하고 고향으로 돌아갔죠.

"집안이 유복한 사람들은 그렇게까지 고생해서 의사가 되긴 싫다며 줄줄이 그만뒀어요. 하지만 전 집에 가도 받아줄 상황이 아니었죠. 돈도 없고 오로지 공부만 해야 했어요."

'퇴로는 없다'는 심정으로 공부를 한 쓰네코는 1950년 3월, 오사카 여자의과대학을 졸업했습니다. 하지만 1년간의 인턴 연수가 더 남아 있었습니다. 이때도 "모든 학생에게 인턴을 시킬 여유는 없으니 성적이 좋은 사람들은 알아서 인턴 할 곳을 찾도록 하라"는 학교 방침 때문에 내쫓기고 말았죠.

결과적으로 시험에 합격해 오사카의 일본적십자병원 인턴이 되었지만 시련은 계속됐습니다.

"정말 비참했어요. 아무런 신분 보장도 없이 병원 잡무를 처리하며 의사국가시험 공부를 했으니까요. 아침부터 밤까지 병원에 있었는데, 한 그릇에 10엔짜리 우동을 후루룩대며 이리저리 뛰어다니고 공부하고…… 제가 봐도 참 열심히 살았어요(웃음)."

사실 이때 알게 된 젊은 내과 의사와 싱그러운 첫사랑도 경험합니다.

"그 사람은 시골에 이미 부모가 정해준 약혼녀가 있어서 결혼은 할 수 없었어요. 그래서 서로 설레는 마음을 고이 간직한 채 거리를 거닐며 세 번 정도 데이트를 한 게 전부예요. 순수하고 담백한 첫사랑이었죠. 전쟁 중에는 공습으로 죽기 전에 단 한 번이라도 좋으니 근사한 사랑을 꼭 해보고 싶었어요. 그래서 전 그것만으로도 아주 행복했답니다."

그처럼 씁쓸하고도 귀여운 로맨스도 경험하며 인턴을 끝낸 쓰네코는 1951년 마침내 의사가 되었습니다.

그런데…… 시련은 아직 끝나지 않았습니다. 의사가 된 뒤에도 급료를 받을 수 있는 일자리가 없었기 때문입니다. 당시에는 의학부를 졸업한 사람이 대학병원 의국에 들어가 수년간 무급으로 수련하며 유급직이 나기를 기다리는 것이 일반적이었습니다.

집안 형편이 넉넉하다면 모를까 쓰네코는 그럴 수 없었습니다. 이때 인연을 맺어준 사람이 바로 학창시절 아르바이트를 하던 가게 주인 아저씨였습니다. 아저씨가 개업의로 일하는 친동생을 소개해준 덕에 더부살이 수습생 생활을 하게 된 것이죠.

집안일을 하면서 원장의 진찰 보조, 약 조제, 왕진 동행 등 하루 종일 부지런히 일했습니다. 그리고 틈틈이 시간 나는 대로 일주일에 하루 이틀은 오사카 시립대학에서 공부도 계속했습니다.

이때 쓰네코가 담당하던 환자는 결핵 말기 환자. 당시 결핵 치료는 아직 한창 연구 중으로, 치료약이 너무 비싸 일반 병원에서는 거의 사용할 수 없었습니다. 이 때문에 '가슴에 탁구공 같은 마개'를 하는 임시방편 수술로 진행을 늦추기도 했습니다. 말기 환자는 극심한 호흡 곤란에 시달리며 죽음을 기다릴 수밖에 없는 비참한 상황이었죠.

그러한 말기 환자를 담당하게 된 쓰네코는 '그저 죽음을 기다려야만 하는 환자를 어떻게 대하면 좋을까?' '난 왜 이리 무력한 걸까?' 하고 진료를 갈 때마다 고민했습니다.

그러던 어느 날, 거리에서 우연히 마주친 인턴 시절 동급생과 서로 근황을 묻다가 이런 정보를 들었습니다.

"나라 의과대학 정신과에 조수 자리가 비어 있는데, 한번 가볼래? 봉급은 7천 엔(당시 국가공무원 초임에 상당) 정도 받을 수 있고 신분도 안정되고. 게다가 공부하기엔 대학이 더 좋기도 하잖아."

쓰네코는 망설이지 않고 바로 대답했습니다.

“그게 정말이야? 갈게!”

“좋아, 결정한 거다! 넌 워낙 착실해서 믿고 소개해줄 수 있거든. 당장 교수님께 말씀드릴 테니 조금만 기다려.”

이처럼 착착 이야기가 진행된 끝에 나라 현립 의과대학 정신의학 연구실의 조수로 일하게 된 쓰네코.

정신과 의사로서의 경력이 시작되는 순간이었습니다.

CHAPTER 3.

인간관계의 오묘함

나의 약점을 있는 그대로
보여줄 수 있는 사람이 있다면
그것이야말로 최고의 행복이다

여든여덟이 지나면서 클리닉 외래 진료를 이틀 줄여 주 6일 근무가 주 4일이 됐습니다.

이 나이에 계속 일을 해도 될까 싶지만 그만두기가 좀처럼 쉽지 않습니다. "이제 그만둬야 할 것 같아요"라고 이사장님에게 말을 꺼낸 적도 있지만 조금만 더 하라며 붙잡는 바람에 여기까지 왔네요(웃음).

하지만 오랜 세월 일하다 보니 재미있는 일도 있습니다. 이를테면 벌써 20년 이상 찾아오는 환자도 꽤 많습니다. 그런 환자들과는 이제 의사와 환자가 아닌 인생을 함께 걸어온 동지 같은 사이죠.

"한 달에 한 번 선생님을 만나러 오는 게 습관이 됐어요." "누구한테도 말 못 하는 불만을 선생님께 털어놓는 게 큰 낙이에요." 이런 말을 듣다 보니 마음대로 그만둘 수도 없네요(웃음).

그렇지만 전 특별한 치료 기술도, 상담 기술도 없습니다. 그저 사람들의 이야기를 들어줄 뿐입니다.

"어머, 참 속상했겠네요. 저도 그 심정 알 것 같아요" 하고 남편 이야기로 수다 삼매경에 빠지기도 하고 "여기서

속 시원히 하고 싶은 얘기를 해보세요" 하고 가슴에 쌓인 것들을 뱉어내게 하기도 하고 "어떻게 하면 좀 더 마음이 편해질까, 같이 생각해볼까요?" 하고 함께 고민하기도 합니다. 제가 진료실에서 해온 일들은 기껏해야 그 정도랍니다. 단지 그뿐이지만 우리에게는 자신의 고통이나 걱정거리를 마음 놓고 드러낼 만한 장소가 별로 없는 듯합니다.

저마다 일상에서 겪는 고민들을 즐겁고 유쾌하게 이야기하는 것. 그것만으로도 마음이 한결 편안해질 수 있습니다. 다른 사람에게 공감한다는 건 상대방 입장에서 이야기를 들어주는 것입니다. 조언을 하거나 눈이 번쩍 뜨일 만한 묘안은 주지 못하더라도, 누군가 자신의 입장에서 이야기를 들어주는 것만으로도 사람은 마음이 조금 편안해집니다.

상대와 같은 입장이 된다고 해서 이상한 동정을 할 필요는 없습니다. "그랬구나" "고생이 많겠다" 하고 열심히 들어주면 충분해요. 지나치게 감정 이입을 하면 괴로워지므로 '다들 힘들겠구나' 정도의 적당한 거리가 가장 좋습니다.

분명히 말하지만, 마음의 병은 약으로 100% 낫지도 않을 뿐더러 누가 조언을 해준다고 해결되지도 않습니다. 스스로 몸부림치면서 조금씩 조금씩 오랜 시간에 걸쳐 답을 찾아낼 수밖에 없습니다. 하지만 그 과정을 혼자서 해내기에는 쉽지 않을 때가 있습니다.

만일 주변에 고민거리가 있거나 침울해하는 사람이 있다면 이야기를 들어주세요. 함께 이런저런 넋두리를 하는 것도 좋습니다.

"나도 그렇지만 너도 참 힘들겠구나." 이런 말 한마디가 큰 힘이 되는 사람도 많습니다.

그리고 이야기를 들어주었다면 반드시 비밀은 지킬 것. 그 사람을 배신하지 말 것. 이는 인간의 도리입니다. 다시 말해, 서로 마음 편히 넋두리를 하고 약점을 보여줄 수 있는 관계가 중요합니다.

자신의 약점을 마음 놓고 드러낼 수 있는 사람이 있다면 어떤 일이 닥쳐도 기운 내서 살아갈 수 있습니다.

자잘한 부탁을 흔쾌히 들어주면
작은 친절로 돌아온다

내가 기분 좋게 일하고, 다른 사람도 기분 좋게 일하려면 나 스스로 '쉽게 의지할 수 있는 사람'이 되어야 합니다.

지금도 병원이나 클리닉에서 저에게 진료를 요청하는 이유 역시 쉽게 부탁할 수 있는 편리한 의사이기 때문입니다.

알랑거리라는 의미가 아닙니다. 상대가 무언가를 부탁했을 때 내가 할 수 있는 일이라면 "좋아요" 하고 흔쾌히 들어주고, 할 수 없는 일은 "죄송해요" 하고 정중하게 거절하세요.

우선 뭐든지 '받아들이자' 정신인 것이죠.

어느 직장이든 누구나 할 수 있는 잡무나 자질구레한 서류 작성 같은 업무가 있지요? 제가 일하는 병원에서도 "이거 선생님 환자 분의 서류인데요, 급해서 그런데 좀 작성해주실 수 있을까요?" 하고 사무실 직원이 요청하거나 "선생님 담당 환자 옆에 계신 ○○씨의 처방도 하는 김에 같이 해주실 수 있을까요?" 하고 간호사가 부탁하기도 합니다. 전 "네, 좋아요, 그럴게요" 하고 되도록 부탁을 들어주려고 합니다. 얼마 전에도 제가 주치의는 아니지만 환자 가족이 임종 과정을 부탁한 일이 있었습니다.

이처럼 다른 사람이 무언가를 부탁하는 경우는 누구나 있을 텐데요, "그건 제 일이 아니에요" 하고 속 좁게 굴기보다는 시간이 허락한다면 흔쾌히 들어주는 게 어떨까요?

작은 친절은 아낌없이 베푸는 것이 좋습니다. 그러면 상대도 기뻐하고 사이도 좋아지죠. 가끔 이쪽에서 하는 부탁도 기분 좋게 들어준답니다. 그것이 인간관계가 아닐까요.

물론 내가 부탁을 들어줄 상황이 아닐 때는 "미안해요, 지금은 힘들 것 같아요" 하고 확실히 말하면 되고, 짬이 날 때는 "하는 김에 더 할 건 없을까요?" 하면 됩니다. 그런 작은 친절이 좋은 직장 환경, 인간관계를 만들어갑니다. 어쩌면 그런 태도가 이 나이가 되도록 직장에서 사랑받는 가장 큰 이유일지도 모르겠습니다.

상대가 누구든 서로 돕는 관계임을 잊지 말고 쉽게 부탁할 수 있는 사람이 된다면 인간관계의 갈등은 그만큼 사라집니다.

말싸움 뒤에는
먼저 사과하는 사람이 승자다.
괜한 고집은 고립을 자초한다

일을 하다 보면 아무래도 다른 사람과의 마찰을 피할 수 없을 때가 있습니다. 저 역시 같은 팀의 간호사나 조수에게 "이 말은 꼭 해둬야겠어요" "빠짐없이 확실히 해두지 않으면 큰일 나요"라는 말을 하는 상황이 생긴 적도 있습니다. 그럴 때는 "잠깐 할 얘기가 있는데, 시간 괜찮으세요?" 하고 부탁한 뒤 우선 차분하게 대화를 나누는데, 때로는 의견이 갈리기도 합니다.

의견이 갈리는 정도가 아니라 아예 의견이 상반될 때도 있죠. "그래요, ○○씨는 그렇게 생각하는군요. 제 생각과는 좀 다르지만 이 부분만이라도 제 의견에 따라줄 수 없을까요? 그 대신 저도 ~부분은 ○○씨 의견에 따를게요." 이런 식으로 서로 조금씩 양보하고 타협점을 찾고자 노력합니다.

하지만 아무리 해도 결론이 나지 않거나 속 시원히 해결되지 않은 적도 몇 번 있습니다. 상대가 왠지 납득하지 못하거나 화를 내거나 기분이 상해 서먹서먹한 상태로 대화가 끝났을 때는 이튿날 먼저 말을 건넵니다.

"어제는 죄송해요. 제 말이 좀 심했던 것 같아요."

"기분 언짢게 해서 죄송해요. 기분 푸세요." 이런 식으로 가볍게 말을 건네며 먼저 사과합니다. 이쪽에서 먼저 고개를 숙이고 다가가면 상대도 다가오기 마련입니다. "아녜요, 저도 어제 죄송했어요." "가만히 생각해보니 선생님이 하신 말씀도 이해가 돼요." 이처럼 상대의 분위기도 부드러워지는 경우가 대부분이죠.

그래서 조금 말이 심했구나, 상대가 언짢았겠다 싶으면 그 상대가 젊은 직원이든 환자든 먼저 얼른 사과합니다. 직장 동료와 서먹서먹한 것만큼 불편한 상황도 없으니까요. 저는 가난한 시골뜨기가 전후의 혼란 통에 의사가 된 셈이라서(웃음) 자존심이 없답니다.

반대로 사과를 잘 못하는 사람은 괜한 오기를 부리는 거예요. '내가 저자세로 나가면 체면이 안 서잖아.' '이쪽에서 먼저 사과하면 우습게 볼 수도 있어.' '왜 나보다 어린 사람한테 고개를 숙여야 하지?' 이런 시답잖은 '고집'은 되도록 버려야 편합니다.

저희 집에는 같은 부지 내에 장남 부부도 함께 살고 있는데, 며느리에게 사과하는 것 역시 아무렇지도 않은 일입니다. 사소한 충돌이 있으면 "지난번에는 미안하구나" "내 잘못이야" 하고 제가 먼저 말을 건네죠. 고맙게도 고부 갈등이 생긴 적은 없습니다.

나이가 들수록 젊은 사람이나 아랫사람이 표면상으로는 윗사람에게 맞춰주는 경우가 많은데, 그렇다고 우쭐대서는 안 됩니다. '내가 당신보다 윗사람'이라는 아집은 되도록 버려야 나는 물론 주변 사람도 편안해집니다. 더구나 그러한 아집이 없으면 거리낌 없이 "이것 좀 가르쳐주시겠어요?" "좀 도와주세요" 하고 젊은 사람에게 부탁할 수 있다는 이점도 있답니다(웃음).

저는 휴대전화로 문자도 보내고 컴퓨터로 전자 차트를 작성하면서 진찰을 하는데, 이 또한 젊은이들이 가르쳐준 덕분입니다. 지금도 모르는 게 있으면 "죄송한데 이거 어떻게 하면 되나요?" 하고 물어봅니다.

"아, 이렇게 하면 되는구나. 역시 젊은 사람은 다르네요." "휴, 이제 됐네. 다음에 또 가르쳐주세요."

저보다 어린 의사나 간호사들도 저에게 이것저것 가르쳐줄 때가 많은데, 정중하게 고마움을 표하면 다음에도 흔쾌히 가르쳐줍니다.

성가시게 구는 할머니라고 생각할지 모르겠으나, 지금도 그렇게 젊은 사람들의 도움을 받으면서 감사하는 마음으로 일하고 있습니다.

친구는 성격이
잘 맞는 사람을 선택하자.
이해타산으로 사람을 사귀면
꼭두각시나 외톨이 신세가 된다

그날, 그날 살아갈 일을 생각하다 보면 쓸데없는 일에 시간 낭비를 하지 않습니다.

쓸데없는 일이란 이를테면 더 높은 자리에 오르고 싶고, 더 인정받고 싶고, 더 부자가 되고 싶은 욕구입니다. 저는 그런 욕심이 없으니 의사로서 크게 출세하는 일 없이 살아왔지만, 그러기를 잘했다는 생각이 듭니다. 괜한 욕심을 부리지 않은 덕에 저로서는 아주 편안하고 유쾌한 사람들과 돈독하게 지낼 수 있기 때문입니다.

욕심이 과하면 이해타산으로 사람을 사귀게 됩니다. 자신에게 '맞다, 안 맞다' '좋다, 싫다'라는 솔직한 감정이 아니라 '이 사람은 나에게 도움이 된다' '나에게 이득이다' 같은 계산으로만 사람을 대하면 인간관계가 이상하게 뒤틀리고 맙니다. 남에게 알랑거리고, 마음에도 없는 아부를 하고, 본심과는 상반되는 쪽에 동조하기도 하죠. 개중에는 자신의 이익이나 출세를 위해서는 태연히 남을 속이고 상처를 주는 사람도 있습니다.

그런 인생은 고립을 자초합니다. 고독하니 갈수록 더 돈과 명예에 집착하죠. 상당히 괴로운 삶입니다.

인생에서 무엇에 중점을 두느냐는 저마다 다르지만, 저는 줄곧 '나에게 편안한 사람'과 가까이 지내왔습니다. 누군가를 만났을 때 이 사람 참 괜찮다 싶으면 친하게 지내고 있죠. 그래서 친구나 지인 중에는 동년배 의사와 간호사뿐 아니라 젊은 의사도 있고, 자식이 어릴 때부터 알고 지내는 엄마들, 동네 아주머니 등 각양각색입니다.

인간관계는 물처럼 유동적이지만 그 속에서 좋은 사람, 즐거운 사람들과 많은 인연을 맺어왔습니다. 저에게는 그런 사람들과의 인연이 둘도 없는 소중한 보물입니다.

인간관계는 성급한 결론보다는 마음의 거리감으로 조절해보자

살다 보면 기분 언짢은 일이 생기기 마련입니다. 사람을 상대하다 보면 상대가 불쾌한 행동을 하거나 기분 상하는 말을 할 때가 있죠.

이런 일은 저도 피할 수 없습니다. 그러니 받아들이는 방식을 달리하는 연습을 해보세요. 톡 쏘아붙이듯 불쾌한 말을 들었을 때는 '저 사람, 집에 안 좋은 일이 있나 보네' 정도로 생각하고 가볍게 넘기는 것이 좋습니다. '내가 뭘 잘못했나?' '왜 저런 말을 하지?' 이런 식으로 누가 하는 말마다 곧이곧대로 들으면 나만 괴롭습니다. 스스로 자신을 힘들게 하는 셈이죠.

물론 자신에게 잘못이 있을 때도 있을 터입니다. '생각해보니 맞는 말이야'라는 생각이 든다면 그 부분을 고치려고 노력하세요. 하지만 냉정을 찾은 뒤 생각했을 때 '왜 저러는 거야?'라는 생각이 든다면 곧이들을 필요는 없습니다. '뭔가 심술이 날 만한 이유가 있겠지.' '짜증이 나서 괜히 화풀이를 하는 거겠지.' '참 딱한 사람이네.' 정도로 해석해둡시다.

사실 사람이 사람에게 불평을 하거나 화를 내는 건

대개 자기중심적인 행동입니다. '애정이 있으니 불평하는 것'일 수도 있지만 진짜 애정이 담겼는지는 듣는 사람이 금세 압니다. 불쾌하거나 상처를 받았다고 느낀다면 '이 사람은 그런 사람이야' 하고 거리를 두세요. 그 사람이 하는 말을 곧이곧대로 듣거나 잘 보이려고 애쓰다가 관계가 더 이상해지는 거랍니다. '이 사람은 딱한 사람이니까 나도 이 정도만 하자' 하고 마음의 거리를 떼어보세요.

달리 표현하자면 '너무 신경 쓰지 말자'라고나 할까요? 주변 사람 눈치를 다 살피며 지낼 필요는 없습니다. 그리고 어느 정도는 '무난한 대응'이 삶의 지혜입니다. 하지만 이 무난한 대응이 여간 어려운 일이 아닙니다.

요즘은 불쾌하고 힘든 일이 있으면 곧바로 결론을 내리는 사람이 많습니다. 심리치료과나 정신과에도 "어떻게 하면 좋을까요?"라며 결론을 빨리 얻고자 진료를 받는 사람들이 적지 않습니다. 시험 문제라면 모를까 살아가는 방식이나 대인관계에 만인 공통의 답이 있을 리 만무합니다. 병에 걸렸다거나 사느냐 죽느냐가 걸린 문제는 그렇다 치고, 인생의 여러 선택은 결국 스스로 책임지고 결정해야 합니다.

재미있는 건 상담을 하러 오는 사람들도 모두 해결책을 찾는 것처럼 보여도 실은 '자신이 원하는 답'을 찾고 있는 거랍니다. 가족 관계나 직장의 인간관계도 마찬가지죠. 모 아니면 도, 좋으면 계속 만나고 싫으면 안 본다는 식입니다. 뭐든 극단적이 되기 쉽고 자신의 입장에서 말하는 의견을 원합니다.

하지만 그렇게까지 극단적이지 않아도 나름 잘 풀어갈 수 있습니다. 애초에 인간관계에 100점은 없음을 인식하고, 마음을 터놓을 수 있는 사람에게만 본심을 말하고 푸념도 하세요.

그래도 도무지 안 되겠다 싶을 때는 물리적으로 거리를 두면 됩니다.

혼자서 인생 계획을 세운들
절대 그대로 되지 않는다.
그러니 세세한 계획은 세우지 말자

사람의 운명을 좌우하는 것은 무엇일까요? 제 생각에는 사람과의 인연입니다. 생각지도 못한 곳에서 누군가가 우연히 가져다주는 것. 특히 인생의 큰 전환점이 되는 사건은 의외의 곳에서 갑자기 밀어닥치는 듯합니다.

제가 정신과 의사가 된 것도 어쩌다 우연에 우연이 겹친 결과였음은 이미 이야기한 바 있습니다. 결핵 말기 환자의 마음을 어루만져줄 수 없어 고민하고 있을 때 우연히 만난 친구가 정신과 병원을 소개해준 것이죠. 그리고 그 병원에서 가네코 교수라는 은사를 만납니다. 선생님은 무척 고결하고 따뜻한 분이었습니다.

"존재만으로도 타인을 온화하게 만드는 포용력을 갖춘 인간이 되거라. 사람들이 절로 마음을 열고 고민을 털어놓고 싶은 정신과 의사가 되거라."

가네코 교수님에게 많은 가르침을 받았지만, 한두 마디로 표현하자면 이런 내용이라 할 수 있습니다. 일하는 방식이나 지식뿐 아니라 한 인간으로서도 훌륭한, 그야말로 인생의 스승이라는 말이 어울리는 분이었죠.

이러한 만남도 있고 해서 저는 정신과 의사를 제 업

으로 삼기로 했습니다. 지금 생각해보면 기적이라 해도 될 듯합니다. 인생을 처음부터 다시 산다 해도 마찬가지일까요? 분명 그렇지는 않을 겁니다. 즉 언제 이렇게 하겠다, 그렇게 하고 싶다고 계획을 세워도 결코 그대로 되지 않는 것이 인생입니다. 계산은 아무 소용이 없어요.

인간관계에서 이해타산이 필요 없는 이유도 그 때문입니다. 어울리고 싶지 않은 사람과 억지로 사이좋게 지낼 필요는 없어요. 어쩔 수 없이 어울려야 한다면 적당히 마음의 거리를 두세요.

물론 인간의 노력을 부정하자는 뜻은 아닙니다. 원하는 바를 이루고자 노력하는 건 중요하며 필요한 일이죠. 하지만 그것이 '그래야만 해'라는 단정이 되고, 고정관념이 되고, 편견이 되면 유연성이 점차 사라집니다. 유연성이 사라지면 스스로 점점 고통스러워지죠. '이렇게 안간힘을 쓰는데 왜 난 계속 이 모양이지?'라는 생각에 타인에게 모질게 굴기도 합니다. 그러면 희한하게도 본디 만나야 할 사람을 만나지 못 합니다. 좋은 인연일 수도 있는데 인연이 닿지 않는 것이죠.

역시 자신의 마음을 속여서는 안 됩니다. 나 자신을 잃어버리고 자꾸 쓸데없는 부담을 주면 잘될 일도 잘될 리 없습니다. 타인의 의견에 귀를 기울이는 일은 중요하지만 타인에게 휘둘리는 건 전혀 다른 이야기입니다. 우연히 맺은 다른 사람과의 인연을 어떻게 활용할 것인가. 이것만은 다른 누구도 아닌 결국 나 스스로 결정해야 합니다.

'내 마음에 정직한 것'이 역시 제일입니다.

EPISODE 3

정신과 의사가 일생의 과업이 된 이유

1953년 4월, 쓰네코는 나라 현립 의과대학에서 정신과 의사의 조수가 되었습니다. 처음에는 '앞으로 어느 과에 가든 사람의 마음에 대해 공부해두는 것도 나쁘지 않다'라는 가벼운 마음이었습니다.

"당시 여자가 정신과 의사가 된다고 하면 아주 별난 사람 취급을 받았어요."

쓰네코는 이렇게 회상합니다. 그도 그럴 것이 당시에는 정신병원 환자에 대한 편견이 심했던 데다, 대부분의 정신병원이 전쟁 통에 불에 타 전국에 불과 4천 병상밖에 남지 않은 상태였습니다. 이 때문에 괴성을 지르며 날뛰거나 배회하는, 상태가 나쁜 정신질환자는 자택의 '자시키로座敷牢'에 감금돼 있었습니다(사택 감치 제도).

자시키로는 민가의 후미진 헛간이나 흙벽으로 된 광에 울타리를 쳐서 설치한 0.5~1평 정도의 공간으로, 이른바 감옥입니다. 햇빛도 들어오지 않는 비위생적인 환경에서 최소한의 식사만 제공받는 비인도적 취급을 당하는 사람이 많았죠. 1953년 당시에는 병상이 3만 개까지 증가했으나 입원이 필요한 환자는 35만 명. 그 대다수가 자시키로에 감금돼 있었습니다.

당시 정신과 의사가 하는 일에는 열악한 자시키로에 감금된 정신질환자를 찾아내 입원시키는 일도 포함돼 있었습니다.

"자시키로의 환자를 데리러 갈 때는 항상 남자들도 동행했기 때문에 전혀 위험하지 않았어요. 극도로 흥분해 난폭해진 환자일 때는 경찰관도 입회했죠.

자시키로에 감금돼 있던 환자들은 쇠약해진 상태였지만 오랜만에 바깥 공기를 쐬어서 기뻐하는 것 같았어요. 병원에 데려가 씻기고 옷을 갈아입혀 청결히 하는 게 저희가 제일 먼저 하는 일이었답니다."

상황이 이렇다 보니 여자 정신과 의사는 별난 사람 취급을 받았던 것이죠.

그렇다면 쓰네코는 어째서 그 가혹한 일을 계속하게 된 걸까요? 그 계기는 스승 가네코 지로金子仁郎 교수와의 만남이었습니다. 상사로서 이끌어주었을 뿐 아니라 본가에 의지할 수 없는 쓰네코에게 살 집을 소개해주는 등 가네코 교수는 '온화하고 지적인 신사'라는 말이 딱 들어맞는 인물이었습니다. '단 한 번도 언성을 높인 적이 없는, 포용력과 고결한 인품'을 갖춘 분이었다고 합니다.

가네코 교수는 의국원들에게 늘 이렇게 말했습니다.

"정신과 의사는 환자를 치료하는 게 아닙니다. 환자 자신이 치료하고 그걸 거들 뿐이죠."

"정신과 의사는 조언을 통해 환자가 병이 낫는 방향으로 가도록 도울 뿐 치료한다고 생각하지 말 것. 좋아져서 다행이네요, 애 많이 쓰셨어요, 하고 환자 본인을 칭찬할 것. 병이 나았다고 해서 절대 자신이 고친 거라며 으스대지 말 것."

가네코 교수의 밑에 있던 3년 동안 쓰네코는 그의 가르침에 매료되어 정신과 의사로서 일생을 보내기로 마음먹었습니다.

CHAPTER 4.

마음의 평정 찾기

앞날은 걱정해봐야 알 수 없는 법.
눈앞의 일을 소홀히 하지 말자

사람은 왜 불안해지는 걸까요? 대개는 앞날에 대한 생각이 너무 많기 때문입니다. 불확실한 미래를 '어떻게 될까?' '나쁜 일이 일어나는 거 아냐?' '실패하면 어쩌지?'라고 생각하니 불안해서 잠을 이룰 수 없죠.

저는 이렇게 생각합니다. '앞날을 걱정해봐야 소용없어. 미래는 아무도 모르니까.' 전쟁과 전후의 혼란했던 세상을 경험한 사람으로서 이처럼 풍요로운 시대가 오리라고는 상상도 할 수 없었고, 또 이 나이가 되도록 일을 하리라고는 생각해본 적도 없습니다. 대체 어느 누가 지금의 이런 상황을 상상할 수 있었을까요?

한편 변하지 않는 것도 많습니다. 어떤 날이든 아침이 오고 밤이 되며, 배가 고프니 먹어야 하죠. 이건 시대와 아무 상관이 없습니다.

먼 미래의 일을 걱정해봐야 어차피 생각대로 되지 않습니다. 기본적으로는 오늘 하루 살아가는 일만 생각하며 살아가면 됩니다.

살다 보면 당연히 그때그때 많은 문제가 닥칩니다. 하지만 '밤이 되면 우선 자고 아침에 다시 생각해보자' 하고 일단 잠을 청해보세요. 이튿날 아침이 되면 기분이 바뀌어 다른 생각이 떠오르거나 직장에 가 보니 상황이 달라진 경우도 있습니다.

저희 집으로 말할 것 같으면, 남편은 지독한 애주가에 아이는 병약해서 걱정거리가 많았습니다. 그래도 먹고 자며 하루하루 생명을 이어가다 보면 대부분 일들은 어떻게든 헤쳐 나가게 된답니다.

여하튼 눈앞의 일을 소홀히 하지 않기. 무엇보다 그런 자세가 가장 중요합니다.

나의 일, 자식, 가정. 인간으로서 지금 당장 해야 할 일은 얼마든지 있습니다. 걱정은 그 일을 전부 끝내고 나서 해두 괜찮아요.

신기하게도 눈앞의 일을 정리하려고 이리저리 움직이다 보면 사소한 걱정거리는 쏙 사라집니다. 이렇게 말하기는 뭐하지만, 역시 사람은 시간이 남아돌면 자꾸 안 좋은 생각을 하게 되는 듯합니다.

설마 하는 생각이 든다면, 지금 당장 제일 먼저 해야 할 일을 시작해보세요.

힘든 경험은 훗날
가장 소중한 재산이 된다.
세상에 헛된 경험이란 없다

인생에 원치 않는 경험은 따르기 마련입니다. 스스로 어떻게든 해결할 수 있는 문제가 있는가 하면 무력감을 느끼는 경우도 있죠.

문제는 후자입니다. 자신이 어찌할 방법이 없는 문제와 어떻게 타협점을 찾아야 할까요? 제 경우, 전쟁과 가정환경이 그랬습니다. 아이가 태어난 뒤 한동안 전업주부로 지낸 시기가 있었습니다. 집안일에 그럭저럭 익숙해지면서 가사와 육아에 쫓기는 일상도 나름 즐거웠죠.

'이참에 집에 들어앉아 살림을 할까?'

그런데 갑자기 일 의뢰가 들어왔고, 히로시마에 살고 계시던 부모님이 상경해 "아이들은 우리가 봐줄 테니 다시 직장에 나가거라" 하시는 바람에 떠밀리듯 일터로 돌아오게 되었습니다.

막상 일을 시작해 보니 눈코 뜰 새 없이 바빠 집안일에 신경 쓸 겨를이 없더군요. 어느새 집안일은 전부 부모님이 도맡아 하게 되었고, 불만이 쌓인 남편은 본격적으로 유흥에 빠졌습니다.

하지만 업무량은 갈수록 늘기만 했고 생계를 위해서

라도 그만둘 수는 없는 노릇이었으니 그토록 하고 싶었던 육아에도 소홀한 채 죽어라 일만 하던 시기였습니다. 여기저기서 삐걱대는 마찰음이 들려오는데도 도망치면 안 된다는 생각뿐이었습니다. 돌이켜 보면 참 고달픈 시절이었죠.

하지만 인간이란 참 놀랍게도 어떤 환경에서든 '이것이 지금의 내 인생'이라고 체념하면 나름 순응해간답니다. 세상일이란 양면성이 있어, 힘든 경험은 그것대로 인간의 근성을 길러줍니다. 마치 근육과도 같아요. 만일 훗날 힘든 경험을 할 일이 생긴다면 그건 '새로운 관점'을 배우는 시기이기도 하다는 의미입니다.

본디 인간은 어척스러운 생물입니다. 구렁텅이에 빠진 듯 보여도 실은 그곳이 출발 지점이죠. 얼마 안 가 불사조처럼 되살아나 '예전에 무슨 고민을 했더라?' '어라, 의외로 강해졌는걸!' 하고 삶이 한결 편안해지기도 합니다.

여하튼 대부분의 일은 어떻게든 헤쳐 나가게 됩니다. 아니, 인생은 흘러가는 대로 내버려둘 수밖에 없어요. 힘든 상황이더라도 먹을 수 있고, 잘 수 있고, 심신이 건강하다면 조금 참고 견뎌보는 것도 괜찮습니다.

모든 경험에는 의미가 있음을 단 한 번이라도 실감한다면 큰 고비에서 버텨낼 수 있습니다.

일이 안 풀릴 때는 멈추지 말자.
멈추면 앞으로 나아가지 못한다

'제행무상'이라는 말이 있듯이 인생은 좋을 때도 있고 나쁠 때도 있습니다.

살다 보면 좋은 일뿐 아니라 '뜻대로 잘 안 되는 시기'를 누구나 거칩니다. 조금 좋은 일이 있는가 싶더니 그 이상 골치 아픈 일이 생겨 일희일비하느라 마음 편할 날이 없죠. 이상하게도 그런 일이 계속 휘몰아치는 시기가 있습니다. 그 소용돌이 안에 있을 때는 몹시 괴롭지만 걱정 마세요. 영원히 끝나지 않는 시련이란 없으니까요. 인생은 그야말로 등산과 같아서, 지평이 있는가 하면 정상도 있습니다. 평탄한 길이 있는가 하면 기복이 심한 길도 있죠.

나만 그런 게 아니라 '인생은 원래 그런 거야'라고 생각해보세요. 수많은 사람들을 만나왔지만 어떤 사람이든 삶이 뜻대로 풀리지 않는 경험을 합니다. 그래서 그 안에서 '타협점을 찾는 비결'을 배워가죠. 이른바 '필수 과목'이라고 해야 할까요, 인생 공부인 셈입니다.

그렇다면 그 시기가 찾아왔을 때 어떻게 해야 할까요? 한 가지 제가 할 수 있는 조언은 멈추지 말라는 겁니다. 뭘 해도 잘 안 풀리니 직장도 인간관계도 그만두고 집에 틀어박힌다, 뭘 해도 잘 안 풀리니 텔레비전을 보거나 게임에 빠져 시간을 때운다, 뭘 해도 잘 안 풀리니 홧김에 술을 마시고 폭음, 폭식으로 건강을 해친다. 이러한 행동이 멈추는 행위예요.

멈추면 일이 더 꼬입니다. 멈추지 말고 하루하루 담담하게 생활하세요. 지금까지 쌓아온 인간관계를 평소처럼 해나가세요. 그것이 무엇보다 중요합니다. 자신을 한 계치 이상으로 몰아붙이라는 말이 아닙니다. 일이 잘 안 풀리는 시기에는 기운도 나지 않기 때문에 부담 없는 사람을 만나면 되고, 무리를 해가며 공부나 일을 더 많이 하려 들지 마세요.

'생각만큼 잘 안 되니 더 분발하자'가 아니라 '생각만큼 잘 안 되고 있지만 조금씩 해나가자' 정도의 기개면 충분합니다.

자신의 힘이 총 100이라면 60 정도의 힘이면 됩니다. 좋지도 나쁘지도 않은 정도로 무난하게 생활해나가는 것이죠.

'하는 일마다 왜 이렇게 꼬이지?'라는 생각에 사로잡

히면 괴롭기만 하니 너무 걱정 말고 당장 해야 할 일을 차근차근 해나가세요. '골치 아픈 숙제가 생겼구나……' 정도로 받아들이세요. 그렇게 평소 자기 페이스대로 묵묵히 앞으로 나아가다 보면 어느덧 익숙해지고, 어느새 시련의 터널을 빠져나옵니다.

사실 '잘 안 풀리는 시기'에도 자잘한 '잘 풀리는 일'은 많답니다. 이를테면 큰 재난 없이 살고 있다거나 가족이 건강하다, 맛있는 걸 먹었다, 친한 친구가 있다…… 등등 찾아보면 좋은 일도 꽤 있습니다.

즉 생각대로 잘 안 풀린다 싶을 때는 자신이 '첫 번째 또는 두 번째로 잘되길 바라는 일'만 뜻대로 안 되는 경우가 많습니다. 거기에 너무 정신이 팔려 있으면 가족이나 가까운 사람에게 화풀이를 하거나 집중력이 떨어져 사소한 실수를 반복하기도 하죠.

아무래도 마음이 심란하다면 자신이 무엇을 그리 걱정하는지 생각해봅시다. 종이에도 적어보세요. '왜 이리 걱정을 할까?' '내가 진심으로 바라는 건 뭘까?' 하고 원인을 조금씩 파고들면서 객관적으로 상황을 바라보는 것도

한 방법입니다. 단번에 상황이 달라지진 않지만 '아, 그래서 내가 이렇게 불안했구나' 하고 원인을 알게 되면 조금은 후련해지죠.

마음이 후련해지면 '그래도 할 일은 해야지' 하고 관점을 달리하기가 수월해집니다. 그런 식으로 해나가다 보면 자기 나름의 시련 이겨내는 법을 터득하게 됩니다.

밤에 할 일은 잘 자는 것뿐이다.
확실히 일어날 일만
대책을 강구하자

마음의 평온을 유지하는 한 가지 비결은 '일할 때 말고는 일에 대해 생각하지 않기'입니다.

일이 끝난 뒤에도 일 생각만 하다 큰 스트레스를 받는 사람들이 참 많습니다. 일을 하지 않을 때는 일에 대해 생각하지 마세요. 그러고 싶어도 그게 안 돼서 고민이라고 할지도 모르겠네요(웃음). 지금 생각해야 할 일과 생각하지 않아도 될 일을 명확하게 구분해서 분리하는 훈련을 해봅시다. 이래저래 바쁘다 보니 '이것도 안 했네. 이런, 저것도 해야 하는데……' 하고 조바심이 날 때는 '지금 꼭 생각해야 할 일인가?' '지금 꼭 해야 할 일인가?' 하고 자문자답을 해보세요.

꼭 업무에만 해당되는 이야기는 아닙니다. 먼 미래의 일을 예측하고 준비하는 건 분명 중요합니다. 하지만 '지금 손을 쓸 수 없는 일'을 지금 걱정하는 건 시간 낭비입니다. 확실하게 일어나리라 예상되는 일이라면 사전에 대책을 세우면 됩니다. 충분히 고민하며 다른 사람에게 물어보기도 하고 스스로 아이디어를 내면서 대책을 강구하세요. 하지만 그 외에 일어날지 알 수 없는 일은 '에라 모르겠다' 식의 태도면 됩니다.

생각 없이 하는 말로 들리겠지만 사실 그 정도면 충분하지 않을까요? 이는 기본적으로는 '습관 들이기'입니다. 집에 와서 잠들 때까지의 패턴을 만들어보세요. 저는 퇴근하고 집에 오면 텔레비전 드라마를 보면서 술을 조금 마신 뒤 저녁을 먹고 쉽니다. 그런 뒤 목욕을 하고 바로 잠자리에 들죠. 술도 와인 한두 잔이나 맥주 한 병 정도, 살짝 긴장이 풀릴 정도만 마십니다. 설령 큰 걱정거리가 있어도 '내일 일어나서 생각하자'며 잠을 청합니다. 밤에 피로가 쌓인 머리로 생각한들 좋은 생각이 떠오를 리 없으니까요.

하지만 푹 자고 일어나면 뇌의 피로가 가시고 기분도 개운합니다. 역시 사람은 잠을 자야 합니다. 맑은 머리로 생각하면 새로운 아이디어가 샘솟고 사물을 보는 관점이 바뀌기도 하죠.

사실 어떤 일로 고민할 때는 그 일이 1이라면 10, 20으로 과장해서 생각하는 경우가 많습니다. 혼자서 멋대로 스케일을 부풀려놓았으나 주위에서 보면 별일 아니죠. 이른바 피해망상입니다. 그럴 때는 스스로에게 '생각은 이제 그만!' 하고 지시한 다음 가벼운 마음으로 텔레비전이라도 틀어보세요. 저는 좋아하는 사극과 여행 프로를 잔뜩 녹화해둔 덕에 밤에 그것들을 보며 즐거워한답니다. 술을 많이 마시면 해롭지만 한두 잔 정도는 기분을 푸는 좋은 약입니다.

어쩔 수 없는 일을 두고 한없이 끙끙대는 건 자신을 몰아붙이는 나쁜 습관이에요. 일단 집에 가서 몸과 마음을 가정용으로 전환한 뒤 기분 좋게 잠드는 것이 제일입니다.

자신감 부족은 나쁜 게 아니다. 급조된 자신감이 가장 위험하다

최근 자신감이 없다고 고민하는 사람들이 많은 듯합니다.

서구식 사고방식의 영향일까요? 흔히 자신감을 갖는 게 중요하다고 하는데 '정말 그럴까?'라는 생각이 듭니다. 아쉽게도 '사고방식을 바꿔보자'라는 결심 정도로 해결될 문제가 아닙니다. 따라서 억지로 자신감을 가져보려 한들 생각대로 될 리 없습니다. 사고방식을 억지로 바꾸려 하면 오히려 '난 왜 이렇게 자신감이 없지?' 하는 자괴감에 더 괴롭고 쓸데없는 힘이 들어가 헛돌기 일쑤죠.

사실 자신감은 가지고 싶다고 해서 가질 수 있는 것이 아닙니다. 흔히 '자신감이 있기에 고민거리가 없다'고들 하는데, 꼭 그렇지도 않습니다.

인생에는 때때로 흐름이라는 것이 있습니다. 한때는 모든 일이 잘 굴러가 세상을 다 가진 것 같던 사람도 몇 년 뒤에는 하는 일마다 실패해 좌절하기도 하죠.

인간이란 그런 존재입니다. 자신감의 유무는 고정불변이 아니라 유동적입니다. 절대적인 게 아니에요. 이를테면 운동선수도 인터뷰에서는 자신감이 넘치지만 그건 '큰소리를 쳐서 압박감을 느껴야 분발하는 타입'이기 때문이지, 실제로는 어떤지 알 수 없습니다. 그런 행동을 '압박감을 부담으로 느끼는 타입'인 사람이 흉내 내면 일이 꼬이기 일쑤죠. 사람은 저마다 타고난 바가 다르므로 그 점을 무시해서는 안 됩니다.

참고로 저에게 자신감이 있느냐고 묻는다면, 솔직히 잘 모르겠습니다(웃음). 할 수 있는 일도 있지만 못하는 일도 많아요. 하지만 이제 와서 제가 달라질 것 같지도 않거니와 그게 좋다, 나쁘다 따질 이유도 없습니다.

중요한 건 자신감을 기르는 것보다 자신의 성향을 제대로 파악하는 일입니다. 예컨대 예민한 사람은 대담한 행동은 잘 못해도 세세한 부분에 눈길이 미칩니다. 반대로 유들유들한 사람은 세심함은 부족하지만 개방적이고 유쾌하죠. 이처럼 자신에 대해 어느 정도 파악해서 '잘하는 것'과 '못하는 것'을 솔직하게 인식하는 겁니다.

잘하는 걸 많이 하고, 못하는 건 억지로 하지 않아도 됩니다. 못하지만 꼭 해야만 하는 일이라면 '최소한'만 공부해보는 정도면 괜찮지 않을까요?

10여 년 전, 직접 손으로 적는 차트가 전자 차트로

바뀐 시기가 있었는데 저는 여든이 다 되도록 컴퓨터를 만져본 적도 없었습니다. 이거 큰일이다 싶어 컴퓨터 학원에도 다녀보고 간호사의 도움도 받아가며 최소한의 업무는 할 정도가 되었습니다. 지금도 "잘 모르겠네. 저 좀 도와주세요~" 하고 큰소리로 부르면 간호사가 달려와 도와주곤 합니다(웃음).

이처럼 세상은 변하기 마련이니 할 수 있는 일과 할 수 없는 일이 있는 건 당연해요. 완벽한 사람도 없거니와 완벽한 물건도 없습니다. 처음부터 자신을 포함해 절대적인 건 없다고 생각하는 것이 새로운 파도를 잘 넘기는 비결입니다.

잘 이해가 안 되면 "죄송하지만 잘 모르겠습니다. 가르쳐주세요." 모르는 게 있으면 "공부할 테니 가르쳐주세요." 못하는 게 있으면 "어떻게 하는지 가르쳐주세요." 이렇게 솔직히 말할 수 있는 사람이 더 살기 편하답니다. 자신을 과대 포장할 필요는 없어요. "혼자선 못 하니 도와주세요." "혼자선 힘들 것 같은데 좀 거들어주세요." 상부상조하는 것이 인간사회입니다.

자신감의 유무를 따지기 전에 솔직할 것. 이러한 자세가 평온한 마음으로 살아가기 위해 매우 중요합니다.

슬픈 일, 충격적인 일에서
벗어나기 위해서는 조언이 아니라
'시간'이 필요하다

가끔 "그 사람 생각만 하면 화가 치밀어 못 견디겠다" "오래 전 안 좋은 기억이 떠올라 분하고 속상한 마음에 아무것도 손에 잡히지 않는다"라며 상담을 받는 사람들이 있습니다.

불쾌한 일, 특히 분노와 굴욕감은 마음속에서 쉽게 사그라지지 않죠. 그래서 그 감정에 휘둘릴 때가 있습니다. 하지만 살면서 불쾌하고 괴로운 일은 얼마든지 있습니다. 슬픈 일도 생기죠. 그런 기억을 자꾸 끄집어내 화를 내고 의기소침해한다고 해서 달라지는 건 없습니다. 과거는 바꿀 수도 지울 수도 없으니까요. 스스로 이겨낼 수밖에 없습니다.

'알면서도 그러지 못하니 문제'라고 생각하는 사람도 있을 듯합니다. 이를테면 울컥 화가 치미는 일, 속상한 기억이 선명하고 충격이 심한 나머지, 마음을 다잡기 힘들거나 한없이 우울해지는 기분에 아무것도 할 수 없는 중증의 사람에게는, 물론 안정제 같은 약을 써서 마음을 달래기도 합니다.

하지만 약의 힘으로 그 기억을 완전히 지우거나 없었던 일로 할 수는 없습니다. 결국 조금씩 조금씩 그 기억을 옅어지게 하는 수밖에 없죠.

제 경험에 비추어 보면, 무익한 생각에 빠져 우물쭈물 시간을 허비하고 싶지 않다면 그럴 틈을 만들지 않는 게 가장 좋습니다. 그렇다고 업무량을 과도하게 늘리면 힘들 수 있으니 뭔가를 배우거나 운동, 즐거운 일을 해보면 좋습니다. 누군가와 즐겁게 수다 떠는 걸 좋아한다면 더 많이 수다를 떨어보세요. 다양한 사람들을 만나 인간관계를 넓혀보고, 몰랐던 세계를 접해보며 색다른 자극을 주면 내 안에서 집착하던 것들이 잘 떠오르지 않습니다.

무엇보다 기억에 휘둘리지 않기 위해 가장 좋은 약은 '시간'입니다. 즉효성은 없지만 서서히 좋은 효과를 볼 수 있죠.

건강하게 살아갈 수 있는 시간은 한정돼 있으니 과거 때문에 시간을 허비하지 않도록 합시다.

남과 비교하는 건
어쩔 수 없는 심리.
하지만 세상에 고민거리가
없는 사람은 없다

'비교'는 좋은 면도 나쁜 면도 있습니다.

남과 비교하면서 뒤처지지 않도록 더 노력하는 경우가 있는가 하면, 그 사람이 부럽기도 하고 왜 나만 이렇게 불행할까 박탈감을 느끼기도 합니다.

그런 점에서 보면 최근에는 비교가 나쁜 쪽으로 작용할 때가 많은 듯합니다. 외래 환자의 이야기를 들어보면, 주위 사람과 자신을 비교해 침울해지거나 초조함, 질투심으로 괴로워하는 사람이 있습니다.

사실 우리는 자라온 가정환경, 학교나 직장 환경, 시대 등 다양한 요인으로 인해 무의식적으로 늘 남과 비교를 합니다. 따라서 비교하는 것 자체는 어느 정도 그럴 수밖에 없습니다. 식당에서 옆 테이블의 음식에 눈길이 가는 것과 마찬가지예요. 시야에 들어오니 '저거 맛있어 보이네. 좋겠다'라는 생각이 드는 건 어쩔 수 없습니다.

그러니 '비교해선 안 된다'가 아니라 '무심코 비교하게 된다'라는 전제하에 '비교하지 않아도 되는 것'을 마음속에서 확실히 선을 그어두는 것이 중요합니다.

사실 아무리 세상의 복이란 복은 다 가지고 태어난

듯이 보이는 사람도, 아무리 뛰어난 팔방미인도 반드시 나름의 고민과 괴로움이 있기 마련입니다. '저 사람은 참 좋겠다'라고 선망하는 '그 사람'과 같은 상황에 놓인다 해도 또 다른 종류의 고민과 괴로움이 생깁니다. '고민거리의 총량'으로 본다면 지금 이상의 고민과 괴로움이 될지도 모릅니다.

큰 회사의 경영자도 정신과 진료를 받으러 오는 경우가 있는데, 회사가 아무리 돈을 잘 벌어도 다들 마음속은 괴롭습니다. 직원들과 그 가족을 먹여 살려야 한다는 무거운 책임감은 물론 회사 매출, 사람 문제, 누구에게도 말할 수 없는 외로움과 불안감을 가득 안고 있죠.

그밖에도 좋은 남편과 똑똑한 자식에 남부러울 것 하나 없어 보이는 여성이 동네 아주머니들의 질투와 따돌림에 불면증에 시달리거나, 부잣집에 시집간 여성이 고부갈등으로 고민하는 경우가 있습니다. 이러한 고민을 안고 병원을 찾는 사람이 적지 않답니다.

얼핏 화려하고 근사한 것들로 둘러싸인 듯이 보이는 사람, 아니 그런 사람일수록 많은 책임과 입장, 인간관계에 얽매여 보기보다 훨씬 고달픈 경우가 많습니다. 요컨대 어딜 가나 마찬가지랍니다. 뭐가 됐든 똑같습니다. 어떤 처지에 있든 살아가면서 고달픔과 고뇌는 따르기 마련이죠. 그런 고통에 위아래는 없습니다.

그러니 나와 타인을 비교해 의기소침해지고 부러워한들 무의미해요. 그야말로 에너지 낭비죠.

'나도 괴롭고 힘들지만 당신도 마찬가지일 거예요. 어쩌면 나보다 더 힘들지도 모르죠.' 이렇게 생각해보세요. 저마다 다양한 이유로 고단하게 살아가지만, 그렇게 보이지 않는 사람은 시행착오 속에서 우연히 타협점을 찾은 사람입니다.

언뜻 보기에는 강해 보여도 그 사람 역시 괴로울 때는 괴롭습니다. 단지 시행착오를 하면서 '왜 이렇게 고민하는 걸까?' '이게 그토록 걱정할 일일까?' 하고 냉정을 찾아가는 것이죠. '살다 보면 문제가 생기는 건 당연하니 어쩔 수 없다'라는 각오를 하고, 일일이 걱정하다 보면 끝이 없으니 '눈앞의 일에만 집중해서 처리해가자'라며 고민할 에너지를 다른 곳에 사용할 수 있게 된 겁니다.

직장이나 가정 문제도 곰곰이 생각해보면 대수롭지 않은 문제들이 많습니다. 긍정적으로 홀가분하게 살아봅시다.

전력을 다해야 할
시기는 곧 찾아온다.
그러니 그렇지 않은 시기에는
필요 이상 힘을 쏟지 말자

오랜 세월 일하다 보면 때로는 과분할 만큼 큰 업무나 역할을 맡아달라고 하는 경우가 있습니다.

저 역시 '나에겐 역부족이 아닐까?' 싶은 일을 제안받은 적이 있습니다. 과분하다 싶은 일은 거절했지만, 할 수 있을지 갈피를 못 잡을 때는 '일단 한번 해보고, 아니다 싶으면 그때 생각하자'고 낙관적으로 받아들였습니다.

제 경험상 '할까, 말까' 정도의 일은 막상 해보면 어떻게든 될 때가 많습니다.

꽤 오래전 이야기를 하나 하자면, 제가 정신과 의사가 됐을 무렵에는 정부가 전국 각지에 정신과 병원을 증설하던 시기였습니다. 본디 얼마 안 되던 정신과 병원이 전쟁으로 불타면서 환자들은 집 내부나 헛간에 설치된 '자시키로'라는 공간에 감금된 채 비참한 생활을 해야 했죠. 저는 그런 환자들을 병원으로 데려오는 일도 맡아서, 많을 때는 80명의 주치의를 하던 시기도 있었습니다. 이제 한계에 다다른 듯해도 막상 해보면 그럭저럭 수습이 되더군요. 물론 도무지 안 되겠다 싶을 때는 SOS를 보냈습니다. 더는 안 되겠다는 생각이 들 때는 도움을 요청하세요.

일흔에는 진료소의 관리 의사 업무도 맡게 되었는데, 이 나이에 언제까지 할 수 있을까 싶었지만 결국 7년간 해냈습니다. 그렇다고 해서 제가 스스로에게 가혹한 일을 강요한 건 아닙니다. 이를 악물고 견뎌낸 것이 아니라 '오늘은 이 정도면 할 수 있겠지' 하고 그날그날 할 수 있는 일을 해온 것뿐이랍니다.

그리고 '힘들 것 같은데 어쩌지?'라는 생각이 들 때 판단하는 중요 포인트는 나의 심신이 건강한지 여부입니다. 푹 자고, 잘 먹고, 인간관계도 그럭저럭 자리를 잡아 정신적으로나 육체적으로 되도록 안정적인 것이 중요합니다. 건강할 때는 다소 도전적인 업무를 맡아도 어떻게든 해낼 때가 많습니다. 하지만 건강하지 않을 때는 그 반대입니다. 몸과 마음이 힘들 때는 그 이상 부담 주는 일을 해서는 안 됩니다.

체면이나 남보다 돈을 더 벌 수 있다는 이유로 자신을 희생하는 건 어리석은 일이에요. 내가 건강하지 않으면 아무 소용없습니다. 이토록 풍요롭고 평화로운 시대에 수면 부족이나 극단적인 편식으로 건강하지 못한 사람이 너무도 많습니다. 푹 자고, 건강한 식사를 하고, 몸과 마음의 기반을 다지는 것. 그것이 모든 것의 근본입니다. 음식은 뭐든지 적당히, 밥이든 채소든 술이든 알맞은 양을 먹도록 합니다. 음식을 적절한 양만 먹는 습관을 들이면 신기하게도 더 먹고 싶은 욕구가 생기지 않습니다.

내 몸의 목소리에 귀를 기울여보세요. 열심히 일하는 건 그다음입니다.

EPISODE 4

결혼, 출산, 전업주부 그리고 뜻밖의 복직

나라 의과대학 정신과에 들어간 지 5년이 지났을 무렵, 쓰네코는 친구 의사의 소개로 맞선을 보게 되었습니다. 스물일곱 살 때였죠.

실은 그때 쓰네코는 업무에 피로감을 느끼고 있었습니다. 스승인 가네코 교수가 다른 대학으로 가면서 함께 일하던 의국원들도 뿔뿔이 흩어지고 의국 내부도 완전히 바뀐 겁니다(당시 대학병원은 그야말로 '하얀 거탑'으로, 교수가 바뀌면 조교수, 강사가 모두 교체되었습니다). '어딘가 달라졌어……' 그런 상실감을 느낄 때 나가게 된 맞선자리였습니다.

상대는 다섯 살 연상의 이비인후과 의사. 이름은 나카무라 미쓰오中村三雄. 아담한 체구에 순박한 쓰네코가 한눈에 마음에 들었는지 간절히 청혼을 했죠. '좋은 사람 같아.' 쓰네코 역시 그에게 좋은 인상을 받았고 흔쾌히 결혼을 승낙했습니다.

"연애 감정이라기보다는 호감이었어요. 이 사람과 결혼해서 가족끼리 하이킹이나 등산을 가면 참 즐겁겠구나, 그런 감정에서 결혼을 결심했죠."

더욱이 쓰네코는 슬슬 결혼하고 싶은 마음도 있었다고 합니다. 선배 의사에게 줄곧 이런 말을 들었기 때문이죠.

"모름지기 정신과 의사는 결혼과 육아를 경험해봐야 남녀노소 모든 사람의 고민 상담에 응할 자격이 있는 거야."

여차저차해서 간단한 식을 올리고 시작된 신혼생활…… 얼마 지나지 않아 쓰네코는 남편이 둘째가라면 서러울 애주가라는 사실을 알게 되었습니다.

"2차, 3차까지 줄곧 술을 마셔댔어요. 이비인후과 의사로서 성실히 일하는 사람이었지만, 일이 끝나면 밤마다 사람들과 오사카 거리를 몰려다니며 부어라 마셔라 했지요. 순진한 전 남자들은 원래 저러나 보다 대수롭지 않게 생각했는데……"

결혼 이듬해 쓰네코는 첫 아이를 임신했고, 1957년에 무사히 장남을 출산하면서 병원 일을 일시 중단했습니다.

쓰네코에게 있어 처음으로 '일을 하지 않는 날'이 시작되었습니다. 전업주부 생활은 일벌레였던 쓰네코의 마음을 무척이나 편안하게 해주었습니다. 아이를 키우며 그 또래 아이를 둔 동네 엄마들과 쇼핑도 가고 함께 요리를 하기도 했죠. 2년 뒤에는 둘째 아들도 태어나 더욱 육아에 전념하게 되었습니다.

"전 꼭 의사가 되고 싶다는 열정으로 의사가 된 게 아니라서 아이를 키우고 살림하는 것도 나쁘지 않았어요. 아이가 어느 정도 크면 병원에서 시간제로 일해볼까, 느긋하게 생각했죠."

그런데 일본 사회가 풍요로워짐에 따라 정신과 의료에 대한 국가 지원은 더욱 세심해졌고, 전국 각지에 정신과 병원이 건설되면서 정신과 의사가 부족해졌습니다. 그리고 쓰네코가 근무하던 병원에서도 "일주일에 하루 이틀이라도 좋으니 나와달라"라는 연락이 왔습니다.

'어쩌지…… 도와주곤 싶지만 아직 아이들도 어리고……' 고민하던 차에 뜻밖의 소식이 들려왔습니다. 오노미치에 살고 계시던 부모님이 오사카에서 같이 살자는 이야기를 꺼낸 겁니다.

"기껏 힘들게 공부해서 의사가 됐는데 집에만 있으면 아깝지 않니? 열심히 일해서 세상에 도움이 돼야지."

딱히 부모님에게 사랑을 받아본 기억이 없던 쓰네코는 이 말에 무척 놀랐다고 합니다.

"지금 생각해보면, 그때 부모님은 그냥 오사카에 오고 싶으셨던 것 같아요(웃음). 금지옥엽으로 키운 두 아들이 도쿠시마와 도쿄에 있는 대학에 들어간 데다 아버지는 정년퇴직을 하셨으니, 꽤 따분하셨을 테죠."

생각지도 못한 방식으로 떠밀리다시피 직장에 나가게 생긴 쓰네코에게 남편도 이렇게 말했습니다.

"다시 일하지 그래? 난 장인, 장모님 모시고 사는 것도 괜찮으니까."

결국 여기저기서 의사로 복귀하기를 재촉하는 통에 쓰네코는 1963년 시기산信貴山 기슭에 자리한 정신과 병원의 상근 의사로 복직하게 되었습니다. 그러나 이것이 쓰네코의 인생에서 가장 고된 나날의 시작이었습니다.

CHAPTER 5.

일과 가정을 양립해가는 비결

업무의 질은 적당하면
충분하다. 대충 해도 좋으니
중간에 포기하지 않는 것이
더 중요하다

일과 가정의 양립은 많은 사람들에게 중요한 문제입니다. 예전에 비하면 직장 환경은 물론 남녀의 사고방식도 상당히 달라졌습니다. 그러나 현실은 만만치 않아서 어려움을 겪는 사람들이 많은 듯합니다.

아이가 어릴 때는 개인 시간도 많이 빼앗길뿐더러 업무에서 제약도 많습니다. 무슨 일이든 자신이 생각하는 수준에 미치지 못하는 경우가 많죠. 이야기를 듣다 보면, "맡은 업무의 완성도가 떨어져 동료에게 뒤처지기만 해요. 아이가 열이 나거나 갑작스런 일로 직장에 피해를 주는 경우도 빈번하죠. 그렇다고 다른 엄마들보다 더 아이한테 신경 쓰고 세심하게 챙겨줄 여유도 없고요." 이런 고민을 안고 있는 사람이 제법 많습니다.

자신이 생각하는 이상적인 수준에 도달할 수 없으니 자신감을 잃고 조바심이 나죠. 성실하고 책임감이 강한 사람에게는 괴로운 상황입니다.

그런데 왜 꼭 그 이상에 도달해야 하나요? 그건 누구를 위해서인가요?

적당해도 괜찮아요. 세상에 완벽한 건 존재하지 않

습니다. 언뜻 완벽해 보이는 것도 그 안을 들여다보면 생각과는 전혀 딴판인 경우가 얼마든지 있습니다. 결혼할 사람도 그렇고, 일과 그 일을 둘러싼 수많은 인간관계도 마찬가지죠. 아무리 근사하게 보여도 막상 뚜껑을 열어 보면 뭐가 튀어나올지 아무도 모른답니다.

누구에게나 말 못할 사정은 있는 법입니다. 그러니 모든 일이 이상대로 될 수 없음을 인식하고 '그럼 나 나름대로 잘해나가려면 어떻게 해야 할까?' 하고 일찌감치 태세 전환을 하는 것이 현명합니다.

제 이야기를 해보자면, 장남이 태어나 다섯 살이 될 때까지는 전업주부로 살았습니다. 그때는 육아를 거의 제 생각대로 할 수 있었고 평균점 이상은 된 듯합니다. 일에 대한 집념이 강했던 사람도 아니라서 당분간 전업주부를 하는 것도 괜찮겠다 싶었죠. 하지만 병원에서는 일손이 부족하다며 복직을 재촉하는 데다 고향의 부모님까지 "애들은 우리가 봐줄 테니 넌 직장에 나가거라" 하고 가세하면서, 반강제로 직장에 복귀하게 되었습니다.

그런데 직장에 다시 나가 보니 할 일은 산더미 같았

고, 아이들을 돌보는 일은 부모님이 도맡아 하다시피 해 제 이상과는 거리가 먼 상황이었습니다. 왜 이러고 사나 싶었지만 그렇다고 해서 상황이 달라질 기미는 보이지 않았죠.

그렇다면 내가 할 수 있는 일은 뭘까? 그때 드는 생각은 '둘 다 포기하지 않는 것'이었습니다. 집안일도 그럭저럭하면서 직장도 그만두지 않는 것. 내가 할 수 있는 범위 내에서 해나가자. 아니, 그럴 수밖에 없다고 생각을 고쳐먹은 겁니다. 돌이켜 보면 평균점 근처에서 아슬아슬하게 버텨낸 적도 많았지만 최악, 낙제점만 피하자. 그런 식으로 '상황에 맞게 시행착오'를 하자고 생각했죠.

완벽함을 추구하다 좌절하기보다는 어설프게나마 계속해나가는 것이 중요합니다.

'여기는 절대 넘어가선 안 돼! 하는 마지노선을 일단 그어두고 그 선 밑으로 떨어지지 않도록 노력하자. 그 선을 밑돌지만 않는다면 어중간해도 괜찮아.' 이렇게 생각하고 나면 그다음은 '될 대로 돼라'입니다.

가정의 평화만 지킨다면 나머지는 천천히

다툼이 있거나 분위기가 서먹해지면 아이들의 정신 상태도 좋을 리 없습니다.

부부 싸움이 끊이지 않는 집, 고부 갈등이 심한 집 등 가족 간에 긴장도가 높은 집 아이들은 등교를 거부하거나 비행을 저지르는 등 정신적 문제가 발생하기 쉽죠. 특히 중요한 건 어머니이며, 어머니가 안정돼 있지 않으면 아이의 정신 상태에 그대로 드러납니다. 저도 결혼해서 아이가 있지만, 속상한 일이 있어도 아이들을 위해 가정의 평화를 최우선으로 생각했습니다. 사소한 일로 티격태격 말다툼하는 일 없이 가정 내 분위기를 평온하게 하는 것이죠.

무엇보다 아이를 위해서뿐만 아니라 부모에게도 필요한 일입니다. 아이가 아프거나 나쁜 짓이라도 하면 마음이 편치 않아 일이 손에 잡히지 않습니다. 부모의 일로 자식을 심란하게 하면 부모에게 전부 부메랑이 되어 돌아오는 법입니다. 여러 번 말했듯이(웃음), 제 남편은 밖에서 술을 마시며 흥청망청 돈을 쓰는 사람이었기 때문에 생활비는 저 스스로 벌어야 했습니다. 하지만 주변의 이해를 얻기가 쉽지 않은 데다 날이 어두워지면 가게들도 문을 닫는 시절이어서, 이래저래 불편한 점들이 적지 않았죠.

의사 남편이 있는데 왜 이러고 살아야 하나 비참해진 적도 있지만 참 이상하지요. 달리 선택의 여지가 없으니까, 하지 않으면 안 되니까 어떻게든 되더군요. 인간이란 그런 존재인가 봅니다. 선택 가능한 길이 여러 갈래면 어느 쪽으로 가야 할지 결단을 내리기 힘들지만 '이것밖에 없어'가 되면 의외로 쉽게 해냅니다. 그만큼 인간은 강인한 존재라고 생각하면 조금은 마음이 편해지죠.

그렇다 해도 육아는 여간 고단한 일이 아닙니다. 특히 아이가 어릴 때는 일과 가정을 양립하기가 쉽지 않을 테지요. 환자들이나 직장의 젊은 여성들과 이야기를 나눠 봐도 그렇습니다. '난 이렇게 아등바등 하는데 왜 이 모양일까?' 하고 가정이 성가신 짐이 될 때도 있는데, 그럴 때는 포기할 수 있는 건 과감히 포기하세요. 육아도 가정도 적당한 정도면 그만입니다. '그럭저럭' 해내면 충분해요. 다른 사람들은 보통 이렇게 하니까, 다른 집은 그러니까, 이런 어설픈 비교는 그만두고 '우리 집은 사정이 이러니 어쩔 수 없어' 하고 생각을 달리하는 것이 중요합니다.

가장 나쁜 행동은 '왜 나만……'이라는 초조함에 아이에게 분풀이를 하는 겁니다. 그건 고스란히 자신에게 되돌아옵니다. 그 점을 기억해두면 우선순위를 매기는 방식이 달라집니다. 완벽하길 바라는 건 부모의 욕심일 뿐 아이의 행복과는 전혀 상관이 없어요. 이상만 높게 잡아 이것도 못하네, 저것도 못하네 걱정하기보다 부모가 아이에게 방긋 웃어주고 다정하게 옆에 있는 주는 것이 아이의 성장에 훨씬 중요합니다. 많은 걸 해주지 않아도 부모가 애정 어린 눈길로 지켜보고 있음을 느낀다면, 아이는 안심하고 자기 할 일을 열심히 하니까요.

육아는 평생 해야 하는 일이 아닙니다. 힘들 때도 있지만 육아가 끝난 뒤의 인생도 아직 길고 흥미진진하답니다. 그때를 설레는 마음으로 기다리는 것도 괜찮지 않은가요?

인생에서 참고 견뎌야 할 시기가
반드시 온다.
덜 아프게 이겨낼 방법을 찾자

아이를 위해서도, 일을 위해서도, 살아가기 위해서도 가정의 평화가 제일이라고 말한 바 있습니다.

골칫덩이 남편이었지만 그래도 절대 이혼은 하지 않겠다고 마음먹었습니다. 시대의 탓도 있습니다. 요즘은 싱글맘, 싱글대디를 흔히 볼 수 있지만 옛날에는 그렇지 않았습니다. 한 부모 가정에 대한 시선이 따가웠을 뿐만 아니라 '저 아이네 집은 분명 문제가 있다'라는 식으로 아이에게도 불리하게 작용했죠.

그래서 '이혼은 하지 않겠다'라고 결심했습니다. 하지만 계속 참아야 한다면 너무 끔찍합니다. 이 고통이 평생 갈 거라고 생각하면 섬뜩하죠(웃음). 그래서 이렇게 생각해봤습니다. '두 아이의 결혼식 날, 남편과 나란히 인사할 때까지는 부부로 있자.'

확실한 목표 지점을 설정한 겁니다. 그렇게 기한을 정해놓고 나니 부부관계, 가정생활에 위기가 생겨도 '이제 얼마 안 남았어' '언젠가 끝날 일이야' 하고 이겨낼 수 있었습니다.

그렇다고 해서 지금 이혼을 생각하는 사람은 그런

목표를 가지라는 말이 아닙니다. 지금은 기혼 여성이 경제적으로 더 여유가 있고 사회적 굴레도 거의 사라진 데다, 할아버지 할머니가 기꺼이 손주를 돌보고 싶어 하는 세상입니다. 그러니 이혼은 하지 않는 편이 낫다고 생각하지만 헤어질 수밖에 없는 경우도 있겠지요. 이혼은 상황 나름의 문제입니다.

제가 하고 싶은 말은, 부부관계뿐 아니라 인내심이 필요할 때 목표나 기한을 정해보라는 겁니다. 생활에 아무런 목표가 없으면 빈둥대기 일쑤지만 '오늘은 이걸 하자'라고 정하면 긴장감을 줄 수 있죠. 그것과 마찬가지입니다.

인생에는 시련이 따르는 법. 가능한 피하고 싶지만 나만의 문제가 아니라서 어떻게 될지 알 수 없습니다. 그러니 '시련을 피하는 방법'이 아니라 '같은 시련이라도 어떻게 하면 덜 힘들까?'를 생각해봅시다.

저 같은 경우, 집안일은 집안에서만 참고 넘어가되 직장에서는 가능한 쾌적하게 지내기로 했습니다. 간호사나 사무직 직원과도 성격이 잘 맞는다 싶으면 나이, 지위 불문하고 가까이 지냈습니다. 일하는 짬짬이 서로 남편 험담을 하면서 스트레스를 해소했죠. 아이가 자라서 손이 많이 가지 않는 시기에는 직장 동료와 등산을 가는 등 기분 전환도 했습니다.

직장 사람들과 사이가 좋으면 무엇보다 마음 둘 곳이 생깁니다. 마음 둘 곳이 생기면 가정에서 생긴 스트레스에서 벗어나 업무에 집중할 수 있죠. 직장이 휴식 공간으로 바뀌는 셈입니다. 그런 의미에서 업무를 제쳐두고 직장 사람들과 놀러가기를 적극 추천합니다. 직장에서와는 다른 모습을 볼 수도 있고 더 친해질 수 있는 계기도 많습니다. 사람마다 다르겠지만, 하루 중 가장 긴 시간을 직장에서 보내기 때문에 이왕이면 기분 좋게 일하는 것이 좋습니다. 결국 좋은 인간관계만큼 마음을 편안하게 하는 건 없으니까요.

그럭저럭 수십 년이 지나 '두 아이의 결혼식에서 남편과 나란히 인사할 때까지 부부로 있자'라는 목표는 달성할 수 있었습니다. 목표를 정할 때만 해도 당장 헤어질 생각이었지만 막상 목표를 달성하고 나니 이제 나이가 든 남편은 성격도 둥글둥글해지고 주량도 줄어 말썽을 피우지 않더군요. 그래서 '이혼 안 해도 될 것 같네. 귀찮은데 그냥 살자'라는 심정이 되었답니다(웃음).

그런 경험도 시간이 흐르니 재미있는 이야깃거리가 되네요.

사람을 키운다는 건
자신을 키우는 일이다

제가 정신과 의사라는 일을 일생의 업으로 삼고자 했을 때, 많은 선배들이 이런 조언을 자주 해주곤 했습니다. "정신과 의사는 결혼과 육아를 경험해보는 것이 좋아."

그래서 결혼해서 아이를 낳기는 했습니다만, 제 감상을 말하자면 역시 결혼과 육아는 경험해보는 것이 좋은 듯합니다. 아무것도 할 수 없는 작은 갓난아기를 제 몫을 하는 어른으로 키우는 일은 보통 일이 아니어서, 그 과정에서 부모는 많은 과제를 해결해야 합니다. 뜻대로 되지 않는 일투성이인 데다 돌발 사고가 일어나기도 하고, 울컥 화가 날 때도, 불안할 때도 있죠. 하고 싶은 일에 시간을 내기 힘들 때도 많습니다.

그런 과정 속에서 감정과 컨디션을 어떻게 조절해야 하는지, 또 가족을 비롯한 주위 사람들과 어떻게 지내야 하는지 그 기술을 배워갑니다. 그 기술이 업무와 그 뒤의 삶에 큰 도움이 되죠. 즉 우리 인간은 인간을 키움으로써 자기 자신을 키워나가는 셈입니다.

이를테면 사람은 성의 없는 말로 주의를 주면 움직이지 않습니다. 진심에서 우러나온 말이 아니면 마음을 움직일 수도 없고 행동도 달라지지 않습니다. 무엇보다 남에게 주의를 준 일을 자신이 지키지 않는다면 안 되겠죠. 아이들은 어른의 행동과 본심을 전부 꿰뚫어 봅니다. 그러니 아이들을 달라지게 하려면 스스로 달라져야 합니다. 이처럼 사람을 키움으로써 자신이 어떤 인간으로 살아가고 싶은지를 깨닫게 됩니다.

기본적인 원리원칙은 상대가 어른이든 아이든 변하지 않습니다. 자신의 인생이 소중하니 아이는 낳지 않는다거나 책임지고 싶지 않아서 부하를 두고 싶지 않다는 등 사람마다 생각이 다르지만, 저는 사람을 키우는 일은 좋은 경험이라고 생각합니다. 특히 아이를 키우는 일은 아무래도 애정과 책임감이 남다르기 때문에, 배움 이전에 수많은 즐거움과 기쁨이 있죠.

울기만 하던 갓난아기가 혼자서 일어서고, 말을 하게 되고, 학교에 들어가고, 사춘기를 지나 어른이 되어갑니다. 그 과정 하나하나가 어떤 드라마나 영화보다도 감동적이랍니다. 나도 이렇게 자라 어른이 된 거구나 싶어 순간순간 감동할 때도 많죠. 그 과정에서 나 자신도 어엿한 어른으로 성장해갑니다. 사람을 키운다는 건 나 자신을 키우는 일입니다.

이 말에는 다양한 반론이 있을 수 있지만, 개인적으로는 건강하고 아이를 낳을 수 있는 환경이라면 꼭 아이를 낳아 키워봤으면 합니다.

아이를 키우려면
기술보다는 행동이 필요하다

또 육아 이야기를 하겠습니다만, 여성들의 육아 고민은 정말 무척이나 많습니다. 하지만 이야기를 잘 들어보면 그들이 걱정하는 대상은 아이가 아닌 경우가 있습니다.

사실 부모로서의 허영심, 세속적인 체면 같은 고민거리가 많죠. 다른 집에서는 무엇을 한다더라, 다른 아이에 비해 우리 아이는 어떠어떠하다 등 아이를 있는 그대로 보려 하지 않습니다. 가장 중요한 건 진심으로 아이의 행복을 위해 부모가 진지하게 생각하고 행동하느냐입니다. 그것이 가장 중요합니다.

그 각오는 아이에게 사랑으로 전달됩니다. 시간이 없고 바쁘다고 해도 '늘 너에게 관심을 쏟고 있다'를 어떤 형태로든 아이에게 전달하면 아이는 그 마음을 알아줍니다. 어설프고 가짓수는 얼마 안 되더라도, 직접 요리를 해줄 수 있을 때는 요리를 만들어줍니다. 되도록 옆에 있어주고, 아이가 고민을 털어놓을 때는 진지하게 들어줍니다. 아이를 어린아이 취급하지 않고 "넌 어떻게 하고 싶어? 넌 어떻게 생각하니?" 하고 함께 생각하며 대화를 합니다. 이런 일들을 차곡차곡 쌓아나가는 것이죠.

신기하게도 아이들은 어떤 형식이 아니라 부모가 정말 자신을 위해서 행동할 때 애정을 느낍니다. 아무리 공을 들이고 돈을 써서 근사한 걸 해줘도, 부모의 허영심이나 친목을 목적으로 하는 일은 금세 알아챕니다. 외래 환자들 중에 "아이가 말을 듣지 않는다" "그렇게 고생해가며 다 해줬더니 자기만 안다" "불효자식"이라며 푸념을 늘어놓는 어머니일수록 대개 아이가 부모의 의도를 알아챈 경우가 많습니다.

조금 냉정하게 말하면 "아이를 그렇게 키운 사람이 누구인가요?"라는 의미입니다.

우리는 아이가 원해서 아이를 낳은 게 아닙니다. 우리 멋대로 낳은 것이죠. 이를 명심하고 애정을 쏟지 않으면 결국 자신이 큰 대가를 치러야 합니다. 직원들이 일을 안 한다고 사장이 한탄한다면 그런 회사를 만든 사람은 누구인가요? 이직을 하고 싶지만 잘되지 않아 원하는 업무를 할 수 없다면 그런 식으로 일해온 사람은 누구인가요?

이처럼 남의 탓을 하지 않겠다는 각오가 사람을 한층 더 성숙하게 만듭니다.

내 인생은 내가 책임진다는 태도가 나답게 살아가기 위한 가장 핵심 요소입니다.

타인의 자립을 방해하지 말 것.
하나부터 열까지 챙겨주면
성장은 멈춘다

사람에게는 자립하는 시기가 찾아옵니다.

아이를 예로 들자면, 중학교 때쯤 사춘기에 접어들면서 홀로서기를 시작해 스무 살 전후에 자립합니다. 업무도 마찬가지라서, 신입사원으로 들어온 사람도 몇 년 뒤에는 재량껏 일하게 되면서 시키는 일만 하지 않고 자기 나름의 의견과 방식을 가지게 됩니다. 그것이 자연의 흐름입니다. 그러나 최근에는 이 자립이 잘 안 되는 경우가 많은 듯합니다.

부모가 관여해야 할 때는 진심을 담아 관여하면 아이도 마음 놓고 홀로 섭니다. 그런데 외롭다고 한없이 자식을 붙잡고 놔주지 않으려 하고, 평생 부모 말을 들어야 한다고 생각합니다. 자식이 성인이 되어 결혼을 한 뒤에도 부모라는 이유로 깊이 간섭하려 들죠. 이처럼 의존적, 지배적인 부모가 아이의 자립을 방해하는 경우가 의외로 많습니다.

회사도 마찬가지라서, 자기 생각을 강요하거나 사적인 감정으로 직원들에게 이래라저래라 피곤하게 하는 사람이 적지 않습니다. 직원의 행동을 하나에서 열까지 관리

해야만 직성이 풀리는 사례가 바로 그렇습니다. 그러면 제대로 자립이 이뤄지지 않아 아무리 시간이 흘러도 제 몫을 하지 못합니다. 아이들의 경우, 자칫 집 안에만 틀어박히거나 거식증 같은 마음의 병을 앓기도 하죠.

물론 아무것도 할 수 없는 미숙한 시절에는 아이든 직원이든 자상하게 보살피는 일이 중요합니다. 하지만 성장함에 따라 조금씩 손을 놔주지 않으면 사람의 성장은 멈추고 맙니다. 아이의 경우, 사춘기부터는 아이의 인생과 부모의 인생이 겹친 영역을 조금씩 떼어내는 일이 필요합니다. 아이가 성인이 될 무렵에는 그 겹친 부분이 완전히 사라지게 되어 부모의 인생과 자식의 인생은 완전히 별개가 됩니다. 이런 의식을 가지면 아이는 순조롭게 자립해갑니다.

겹치는 부분이 완전히 사라지는 건 서운하다는 사람도 있을 테지요. 하지만 부모와 자식이라는 관계는 남습니다. 이건 다리와 같아요. 아이의 인생과 부모의 인생은 완전히 분리됐지만 그 사이에 다리가 놓여 있어, 때때로 오고갈 수 있습니다.

“잘 지내니? 잘 돼가고 있어?” 가끔 이렇게 부모는 그 다리를 건너 놀러가면 됩니다.

하지만 반드시 노크는 해야 해요. 아무리 자식의 인생이라도 함부로 불쑥 찾아가서는 안 됩니다. 이 점을 확실히 인식하고 나면 아이와 관련된 인간관계의 고민은 거의 다 사라집니다. 자립한 아이의 인생에 부모가 함부로 침입하려고 들기 때문에 갈등이 빚어지는 것이죠. 고부 갈등이 그 전형적인 사례입니다.

저는 현재 장남 일가와 같은 부지 내 2세대 주택에서 살고 있는데, 일요일 말고는 거의 교류가 없습니다. 일요일에만 함께 식사를 하는데, 다른 요일에는 특별한 용무가 없는 한 아들 부부 집에는 가지 않습니다. 아침에 출근했다 집에 돌아오면 혼자서 느긋하게 지냅니다. 결혼한 순간 ‘아들은 며느리에게 줬다’라고 생각했고, 며느리는 음식 솜씨는 물론 살림 솜씨도 야무집니다. 다섯 손주들도 씩씩하게 잘 자라고 있죠. 이만큼 고마운 일이 또 어디 있을까요? 며느리가 “식사하세요” 하고 부르면 반갑게 인사를 건네고 “이거 드셔보세요” 하고 간식을 가져오면 “어머 고마

워라" 하고 받습니다.

이런 방식이 정답인지는 모르겠지만, '아이의 인생과 내 인생의 영역은 완전히 분리돼 있다'라는 사실과 '다리'를 의식하는 건 필요해요. 그 다리를 자주 건너려고 해서는 안 됩니다.

일과 취미로 분주한 생활을 하며 자립한 자식의 인생에 간섭하지 않는 것이 원만하게 살아가는 길이 아닐까 싶습니다.

고독사는 매우 훌륭한 죽음.
어떻게 죽을지 걱정하는 건
시간 낭비이다

세간에서는 고독사한 사람이 있으면 "불쌍하다" "비참하다"라며 큰 소란을 피우는데, 저는 전혀 그렇게 생각하지 않습니다.

저는 고독사를 대단히 좋게 봅니다. 고독사를 한다는 건 누구에게도 폐를 끼치지 않고 죽었다는 뜻입니다. 가족에게 고생스러운 간병도 시키지 않고 병원에서 의료비도 쓰지 않은 채 홀로 죽어가는 것. 이처럼 훌륭하고 깔끔한 죽음이 또 있을까요? 그래서 전 고독사가 전혀 두렵지 않습니다.

"혹시 내가 며칠째 안 보이면 죽었을지 모르니 집에 들어와서 살펴봐." 장남 부부와 이웃에게도 이렇게 말해두었죠(웃음). 여든아홉이 된 지금, 혼자 있을 때 언제 죽음이 찾아올지 모릅니다. 수요일, 목요일, 금요일, 토요일 아침에는 병원에서 운전기사가 데리러 오는데 "시간이 돼도 안 나오면 죽은 걸 테니 우리 아들 집에 가보세요" 하고 늘 부탁해둡니다.

인간은 태어날 때도 혼자, 죽을 때도 혼자입니다. 죽으면 그걸로 끝이니 죽었을 때의 상황이나 죽은 뒤의 평판을 걱정해봐야 소용없습니다. 죽은 뒤에 칭찬을 받든 조롱을 받든 죽은 당사자에게는 아무 상관이 없습니다. 무슨 소리를 하든 들리지 않을 테니까요(웃음).

한 가지 걱정되는 점이 있다면, 마지막 순간까지 링거 줄이나 인공호흡기 튜브에 연결된 채 죽고 싶지는 않다는 겁니다. 갈비뼈가 부러질 정도로 심장 마사지를 받는 것도 아플 것 같아 싫고요. 그래서 전 항상 장남에게 말합니다. "절대 연명 치료는 하지 말아라" "혹시 쓰러져 있는 걸 발견하면 아직 호흡이 있더라도 잠시 그대로 둬야 해. 그때 병원에 데려가면 연명 처치를 할 테니까. 병원에 도착할 때쯤 사망할 수 있게 구급차를 불러야 한다." 이처럼 신신당부하고 있습니다(웃음).

저는 병동에서 저보다 어린 환자를 보살필 때가 많습니다. 몇 년째 병동에 입원 중인 환자와는 "마지막에는 어떻게 해주길 바라세요?" 하는 대화를 나누는데, 연명 치료는 하지 말아달라고 하면 그렇게 하고 있습니다. 가족에게도 잘 설명해서 "환자 본인이 바라는 일이기도 하니, 고통스러운 치료는 일절 하지 말고 편안하고 인간답게 보내

드리도록 해요" 하고 가능한 고통을 주지 않도록 보살핍니다. 그래서인지 제가 하는 간호는 꽤 인기가 있답니다(웃음). 환자와 나이대가 비슷하다는 이점도 있어요. 제 담당이 아닌 환자들이 저에게 임종 과정을 부탁하기도 하죠.

여하튼 시작이 있으면 끝도 있는 법. 인간은 태어나면 반드시 죽습니다. 홀로 죽든, 병원에서 죽든 인간답고 편안하게 죽을 수 있다면 그걸로 충분합니다.

이것저것 걱정하고 계획을 세워봐야 소용없어요. 가족에게 최소한의 뒷일을 부탁해두고 그다음은 자연의 섭리에 맡기는 것이 마음 편하고 좋습니다.

EPISODE 5

번민, 고뇌, 그래도 계속 일을 할 수밖에 없는 인생 최악의 나날들

쓰네코가 직장에 복귀했을 때 장남은 다섯 살, 차남은 두 살로 아직 손이 많이 가던 시기였습니다. 오노미치에서 올라온 부모님과 함께 살 새집으로 이사도 했죠.

"사실 여기서부터 제 인생 최악의 나날이 시작됐답니다(웃음)."

쓰네코는 쓴웃음을 지으며 이때를 회상합니다. 쓰네코의 부모님이 육아를 전적으로 담당하는 한편 가정의 실권도 잇달아 쥐게 된 겁니다.

"걱정 말고 집안일은 맡겨달라고 하시더니 본인들 마음대로 하시더라고요. 아이들을 잘 봐주시긴 했지만 전 자꾸 육아에서 소외되고 운동회나 학부모 참관일에도 부모님이 가셨어요. 게다가 대학생이던 남동생들까지 툭 하면 놀러 와서 자고 가고……"

쓰네코 부부의 가정이 어느새 생활의 주도권을 빼앗긴 겁니다. 당연히 남편의 기분도 썩 좋지 않았고 "내가 맘 편히 있을 곳은 화장실뿐"이라며 밤이면 밤마다 불만을 터트렸습니다. 그리고 점차 밖에서 2차, 3차 술집을 전전하는 날이 많아졌죠.

"이 무렵부터였어요. 제가 일을 한다는 핑계로 선심 쓰듯 술값을 내고 다닌 게…… 대출과 생활비는 마누라가 벌어서 어떻게든 하겠지, 집안 살림은 나 몰라라 계속 술을 마셔댔어요. 그리고 항상 저는 나쁜 사람 취급을 했죠. 남편에게 소홀하다며 남편 친척에게까지 한소리 듣기도 했지만, 생계를 책임지고 있는 이상 일은 쉽게 그만둘 수 없었어요. 정신적으로 가장 힘들었던 시기였답니다."

부모님과 남편 사이에서 이러지도 저러지도 못한 채 정신과 의사로 풀타임 근무에 시달리는 나날들. 항상 80명에 가까운 환자를 담당하고 외래 진료에 병동 근무 그리고 당직까지, 쓰네코는 점점 일에 몰두할 수밖에 없는 상황에 내몰렸습니다.

"이때는 집에서나 직장에서나 걱정거리가 산더미 같았지만, 걱정할 새도 없을 만큼 죽어라 일해야 했어요. 그 경험을 통해 정신과 의사로서의 근성과 노하우를 터득한 듯해요(웃음). 육아, 부모님, 남편 때문에 고민을 거듭하던 그때의 경험이 결국 지금 하는 진료에도 큰 도움이 되는 걸 보면, 인생이란 참 알다가도 모르겠어요."

이렇게 수많은 갈등 속에서 부모님과 함께 살며 일에 쫓기는 나날이 10여 년간 계속됐습니다.

"차남이 중학교에 들어가서야 부모님이 고향에 내려가시겠다는 말을 꺼냈어요. 아, 다행이다 싶어 가슴을 쓸어내렸죠."

1974년, 부모님과 남편 사이에서 눈치를 봐야 했던 나날이 드디어 끝나고 가정도 원상 복귀되었습니다. 이 무렵 이미 정신과 의사로서 경험과 실력을 다진 쓰네코는 직장에서도 듬직한 존재였습니다. 한창 사춘기였던 두 아들을 위해 퇴근하자마자 전차를 타고 상점가에 있는 정육점과 채소가게에 들러 두 손 가득 장을 보고 집에 와 저녁 밥상을 차렸습니다.

"직장에서 집까지 항상 먹을 걸 한아름 들고 뛰어다녔어요."

쓰네코는 이렇게 회상합니다.

병원에서는 여전히 60명이 넘는 환자를 담당하고 진찰하느라 분주한 나날을 보냈습니다. 당직을 서는 날에는 스튜나 카레를 만들어두고, 아침에는 당직실에서 집으로 전화를 걸어 두 아들에게 모닝콜을 해주었죠. 고등학교 시험 전날과 당직이 겹칠 때는 지각하면 큰일이라며 아들을 당직실에서 재워 병원에서 등교를 하게 한 적도 있었습니다.

한편 남편의 홍청망청 애주가 생활은 여전했는데, 술에 취해 기분이 나빠지면 쓰네코와 두 아들을 붙잡고 한 시간 넘게 설교를 하는 술버릇까지 생겼습니다. 이 고약한 주사에는 쓰네코도 넌더리가 날 지경이었고 설교가 너무 길어질 때는 이혼 서류를 들이밀기도 했습니다.

"계속 이럴 거면 당장 이혼해요!"

"여보 미안, 다신 안 그럴게."

한동안은 반성하는 모습으로 케이크를 사들고 와서 가족들의 기분을 풀어주기도 했지만 몇 개월 뒤에는 똑같은 일이 반복되었죠. '이 버릇은 평생 못 고칠 거야.' 쓰네코는 체념하기에 이르렀습니다.

'아무튼 아이들이 결혼할 때까지만 참자. 결혼식에서 양가 부모가 나란히 서서 인사할 때까지만 부부로 살자.' 쓰네코는 굳게 결심했습니다. 가정생활에 있어 그의 가장 큰 목표는 아이들이 건강하게 자라는 것이었습니다. 아이들의 마음의 안정이 가장 중요했죠. 그 때문에 어지간한 일은 참아가며 가정의 평화를 최우선으로 삼는 방침을 고수했습니다.

그런 쓰네코의 마음이 전해졌는지 두 아들은 잘 자라서 장남은 이비인후과 의사, 차남은 약사로 사회에 힘차게 발을 내딛었습니다. 그리고 몇 년 뒤 쓰네코가 줄곧 꿈꾸던 '장남, 차남의 결혼식에서 부부가 함께 인사한다'라는 큰 목표를 차례차례 실현하게 되었습니다.

CHAPTER 6.

하루하루

담담하게 살아가기

어려운 문제와 맞닥뜨렸을 때도
'괜찮아, 어떻게든 될 거야'라는
자세가 필요하다

종전 이후부터 현재까지 수많은 시련을 극복하면서도 담담하게 살아온 나카무라 쓰네코.

이번 6장에서는 그동안 이야기를 기록해온 저 오쿠다 히로미의 시점에서 쓰네코 선생님에게 배운 것들을 전하고자 합니다.

저는 쓰네코 선생님과 마찬가지로 정신과 의사로 일하고 있습니다만, 사실 그 계기를 만들어준 사람이 바로 쓰네코 선생님이었습니다. 선생님과는 나라 현에 있는 정신과 병원에서 처음 만났습니다. 하얀 가운 차림의 쓰네코 선생님이 남자 의사들 틈에 섞여 의국 책상에 앉아 있는 모습이 지금도 또렷이 기억납니다.

그 시기에 저는 고민거리가 있었습니다. 당시에는 아직 드물었던 호스피스 의사가 되고자 노력했지만 아이가 생기면서 직장을 그만둬야 했죠. 육아로 악전고투하던 중 가족 문제까지 겹쳐 앞으로 의사로서 어떻게 일해야 하나, 어떻게 살아가야 하나, 우울한 기분으로 정신과 병원 병설의 노인보건 시설에서 시간제 의사를 하고 있었습니다.

그러던 어느 날, 쓰네코 선생님이 문득 이런 말을 꺼

냈습니다.

"오쿠다 선생님, 정신과 의사가 되는 건 어떠세요? 선생님은 정신과 의사가 어울려요."

"정신과 의사요? 제가요?"

"그럼요. 선생님은 소질이 있어요. 게다가 아이를 키우면서 의사 일을 하려면 정신과가 좋아요. 어떤 인생 경험이든 쓸모없는 건 없답니다. 제가 원장님께 말씀 드릴 테니 걱정 마세요."

쓰네코 선생님은 원장님과 재깍 이야기를 매듭지었고, 전 그렇게 정신과 의사로 전향하게 되었습니다. 그리고 선생님의 뒷모습을 보며 줄곧 그 발자취를 좇아왔습니다.

에피소드에서 상세히 이야기했듯이, 쓰네코 선생님의 인생은 파란만장했습니다. 전쟁과 전후, 어느 누구도 여유가 없던 시절을 홀로 버텨내며 수많은 고난 끝에 의사가 되고 결혼도 했지만 집안 문제를 신경 쓸 겨를도 없을 만큼 고단했던 격무…… 선생님의 이야기를 듣는 건 마치 영화를 보는 듯 드라마틱하면서 흥미진진했고 '내 고민은 정말 사소한 거구나. 좀 더 노력해야겠어!' 하고 왠지 기운

이 마구 샘솟았습니다.

'대부분의 문제는 어떻게든 될 거야!'

선생님을 만나 이야기를 하면 제일 먼저 그런 생각이 들었습니다. 그건 '내 고민은 별 거 아닐지도……?' 하는 맥 빠지는 감정과 '살다 보면 어떻게든 될 거야'라는 미묘한 안도감이었습니다.

"하루하루 살다 보면 인생은 어떻게든 굴러간답니다."

"배불리 먹을 수 있고, 안전하게 잠잘 수 있고, 최소한의 생활이 가능한 일자리가 있다면 괜찮아요."

"좀 안 풀리는 일이 있어도 너무 걱정 말아요."

이러한 선생님의 말씀을 듣다 보면, 살면서 종종 발생하는 사람과 사람 간의 오해, 뜻대로 되지 않는 일에 대한 집착, 깊은 번민에 울적해지던 시간…… 그 시간들이 얼마나 헛된 것인지 깨닫습니다.

우리는 풍요로운 시대에 태어나서인지 '고민할 정도는 아닌 일'에 집착하고, 쓸데없이 걱정하고, 불안을 키워 피해의식이 커지는 건지도 모릅니다.

저 역시 인생의 벽에 부딪혀 비관하게 될 때마다 생각합니다. '괜찮아, 어떻게든 될 거야.' 그러면 신기하게도 '좋아, 조금만 더 기운 내볼까!' 하고 큰 용기가 생깁니다.

타인에게는 타인의 인생,
나에게는 나의 인생이 있음을
철저히 구분해나가면
마찰과 스트레스가 줄어든다

쓰네코 선생님은 욕심이 적은 사람입니다. 늘 말쑥하고 단정한 옷차림이지만 비싼 가방이나 액세서리를 걸친 적은 단 한 번도 없습니다. 맛집을 찾아다니는 일도 없고 돈이 드는 취미도 전혀 없죠. 금전적, 물질적 욕심이 없음은 물론 70년 가까이 일해온 삶 속에서 지위나 명예를 좇은 적도 없습니다.

"하루하루 살아가며 눈앞에 있는 일을 해내는 데 필사적이었어요. 성공해서 출세하고 싶다거나 화려한 인생을 즐기고 싶다는 생각을 할 여유도, 주변머리도 없었죠(웃음)."

그렇게 자조 섞인 웃음으로 자신의 인생을 되돌아보지만, 선생님은 자신에게 필요한 최소한의 것 이상을 탐한 적이 결코 없습니다.

"더 즐겁고 충실한 하루하루를!"

"더 세련되고 쾌적한 삶을!"

"더 많은 커리어를 쌓아 더 많은 활약을!"

서구식 자본주의의 가치관과 시스템에 물든 현대사회 안에서 우리는 '더, 더' 하고 무의식중에 내몰리고 있습니다. 그러나 '더, 더' 하고 생각할 때마다 우리는 생활 어딘가에 불만을 느끼게 됩니다. '이래도 되는 걸까?' 하는 불안감에 초조해지죠.

이를테면 자신을 동료와 비교하고, 친구와 비교하고, 세상 사람들과 비교해 '나에게 없는 것'을 발견하고는 '아, 난 아직 멀었어' 하고 자기혐오에 빠져 우울해집니다. 또 '저 사람 때문에(회사 때문에) 되는 일이 없어' 하고 남 탓으로 돌리며 부글부글 끓어오르죠. 그럴 때마다 지금의 인간관계나 업무에 불만이 늘고 스트레스만 쌓여갑니다. 많은 사람들이 이러한 악순환에 빠져 괴로워합니다. 물론 저 자신을 포함해서 말이죠.

반면 쓰네코 선생님에게는 이상하게도 남과 비교한다는 관점이 없습니다. 직장에서 쓰네코 선생님보다 나이 어린 의사가 더 높은 직책에 있어도 전혀 신경 쓰지 않습니다. 타인이 자신보다 대우가 좋든 더 활약을 하든 불만이 없습니다. '타인에게는 타인의 인생, 나에게는 나의 인생이 있다'는 신념이 확고하기 때문입니다. 선생님은 몇십 년씩 같은 직장에서 근무하는데도 다른 사람과 마찰을 일으키는 일 없이, 인간관계의 갈등에 휘말리는 일 없이 일하고 있습니다.

결코 다른 사람에게 차갑다거나 매정해서가 아닙니다. 상대가 원하면 함께 어울리고, 부탁하면 도와주는 분이죠. 선생님이 먼저 어디 놀러가자고 하는 경우는 좀처럼 없는 데다 괜한 참견을 하는 일도 없습니다. 저처럼 오랜 세월 알고 지낸 사이에서도 마찬가지입니다. 하지만 누가 고민을 털어놓으면 시간을 아끼지 않고 성심성의껏 들어 줍니다. 철저하게 수동적이되 다정하고 따뜻하죠.

그렇게 할 수 있는 이유는 인간관계에서나 업무, 생활에서 '항상 만족할 줄 알기 때문'입니다. '나와 내 가족이 살아가기 위해 필요한 최소한의 것만 얻을 수 있으면 된다'는 마음가짐인 것이죠.

나에게 꼭 필요한 것은 무엇인가? 그것을 추구하는 것이 나는 나, 타인은 타인을 실천하는 힌트입니다.

인간관계의 비결은 거리감.
침범해서는 안 될 선은
절대 넘지 말자

쓰네코 선생님은 직장에서든 진료할 때든 누구에게나 온화하고 평등하게 대합니다.

"왠지 불편하고 싫은 사람은 없으세요?" 하고 물으면 무덤덤한 표정으로 답합니다. "전 사람을 별로 가리지 않아요." 그 때문인지 선생님 주변의 인간관계는 늘 평온합니다. 오랫동안 근무하고 있는 직장에서도 적대시하거나 불편한 사람은 좀처럼 찾아보기 힘들죠.

저는 현재 20여 개 회사의 근무자들을 대상으로 심리 상담을 하는 산업의로 일하고 있는데, "상사가 싫어서 도저히 못 견디겠다" "동료 ○○와 성격이 안 맞아 매일 마주치는 게 스트레스"라며 힘들어하는 사람들을 자주 봅니다. 직장에서 자주 봐야 하는 사람이 싫고 불편해지면 당연히 회사에 가는 것 자체가 스트레스입니다. 건강이 나빠지는 사람도 적지 않죠.

'싫다' '불편하다'라는 생각이 강해질수록 표정이나 태도에 드러나기 때문에 상대에게 그 감정이 전달되기 마련입니다. 당연히 상대와의 관계는 어색해지고 일촉즉발의 상태에 빠지죠. 그러면 사소한 일로도 쉽게 마찰을 빚습니다. 저 역시 좋고 싫음이 뚜렷한 편이라 그런 사람들의 고충을 잘 안답니다.

쓰네코 선생님처럼 사람을 많이 가리지 않으려면 어떻게 해야 할까? 그런 생각과 함께 선생님을 보고 있노라니 한 가지 깨달은 것이 있습니다. 선생님은 '타인에게 너무 가까이 다가가지 않는다'라는 사실 말입니다. '더 친해지고 싶다' '좀 더 관계가 돈독해졌으면' 하고 먼저 적극적으로 바라지도, 움직이지도 않습니다. 그래서 누군가에게 바싹 다가가는 일이 없습니다.

그렇다고 해서 늘 혼자 덩그러니 있는 것도 아닙니다. 쓰네코 선생님을 따르는 사람, 가까이 다가오는 사람에게는 온화하게 웃는 얼굴로 맞이하고 즐겁게 대화를 나누죠. 항상 적당한 거리를 유지하기 때문에 타인에게 지나친 기대나 애착도 없거니와 지나친 경계심도 없습니다.

어떤 사람이든 좋은 점과 나쁜 점이 있습니다. 따라서 좋은 점만 보고 어울리면 자신은 물론 그 사람도 기쁘고 즐겁습니다. 하지만 너무 가까이 다가가면 아무래도 나쁜 부분을 접할 기회가 생기죠. 상대에게 너무 많은 걸 바라면 자신이 원하는 걸 해주지 않았을 때 분노와 실망감을 느낍니다. 쓰네코 선생님은 누구보다 이 사실을 잘 알기에 사람들과 절묘한 거리를 유지하는 듯합니다.

5장에서 소개한 바와 같이, 선생님은 장남 부부의 이웃에 살지만 먼저 아들 부부 집에 가는 일은 거의 없습니다. '결혼했을 때 장남은 며느리에게 줬고, 손주는 당연히 며느리와 장남의 것'이라며 장남 부부의 생활과 본인의 생활 사이에 항상 선생님 식의 '칸막이'를 치고, 부모라고 해서 함부로 침범하는 일은 결코 하지 않습니다. 그래서 선생님과 며느리는 우리가 흔히 말하는 고부 갈등과는 거리가 멉니다.

쓰네코 선생님이 몇십 년째 직장에서 필요로 하는 사람이 된 이유 중 하나가 여기에 있다고 봅니다.

고독한 것은 외로운 것이 아니다.
'고독은 좋은 것'이라고
받아들이면 편해지는 것이 많다

쓰네코 선생님의 절묘한 인간관계의 거리감은 어디서 온 걸까요? 그 거리감은 '고독을 두려워하지 않는 마음'에서 나온 것이 아닐까요?

이 책을 쓰면서 새삼스레 선생님과 많은 이야기를 나눴는데, 선생님은 '사람은 기본적으로 혼자 살아가는 존재'라는 뜻이 담긴 말을 몇 차례 꺼낸 적이 있습니다. 두 아이를 키워내고, 아들 가족과 2세대 주택에서 살며, 사랑스러운 손주들을 뒀지만 쓰네코 선생님은 항상 '혼자' '고독'하다고 합니다.

그 말처럼 선생님은 아들 가족과는 일요일 저녁식사 외에는 같이 식사를 하지 않으며, 평일에는 거의 얼굴도 마주하지 않을 뿐더러 전화도 하지 않는다고 합니다.

하지만 선생님은 그게 당연하다고 여깁니다. 쓰네코 선생님에게 고독은 살아가면서 '자연스러운 상태'인 것이죠. 선생님과 이야기하면서 '고독'에 대한 이미지가 제 생각과는 무척 다름을 알게 되었습니다. '고독'은 나쁜 것, 쓸쓸한 것, 부끄러운 것, 비참한 것이라는 부정적 이미지가 전혀 없었기 때문입니다.

선생님은 '본디 인간은 홀로 살아가는 존재'라는 대전제로 살아가기 때문에 혼자가 되어도 두렵거나 불안하지 않습니다. 그것이 자연스럽다고 느낍니다.

반면 저를 포함해 현대를 살아가는 대다수의 사람들은 고독을 몹시 두려워하고 싫어합니다. 고독해지지 않기 위해 필사적으로 타인과 연결되려 하고 함께 있으려 하죠. 결국 마음에도 없는 인간관계를 감수하면서 스트레스를 증폭시킵니다. 직장에서도 필사적으로 친구를 만들고자 애쓰고, 사생활도 항상 타인과 연결되기를 원해 어디를 가나 SNS에서 벗어나지 못합니다. 고독을 두려워한 나머지 타인과 과도하게 타협하고 영합하기 때문에 괴로워집니다. 항상 사람들과 얽혀 있으니 대인관계의 갈등과 불만도 끊임없이 발생하죠.

그러한 풍조 속에서 쓰네코 선생님의 삶은 '고독은 좋은 것'임을 알려줍니다. 선생님은 기본적으로 '혼자'라는 마음의 기반이 있기에 타인에게 크게 바라거나 기대하지도 않을뿐더러 타인이 다가오든 멀어지든 흔들리지 않습니다. 화가 나지도 않습니다. '고독은 좋은 것'이라는 쓰네코 선생님의 마음가짐이 주변 사람들을 자유롭고 편안하게 하기 때문에 오히려 선생님을 따르는 사람이 많아지는 것이죠.

인간관계를 좀 더 잘 풀어가고 싶다면 홀로 있는 시간을 아끼고 사랑하세요. 그것이 근본적으로 중요한 자세입니다.

결과는 시간이 걸리는 법이다.
조바심이 날수록
'지금 이 순간'을 소중히 하자

일을 하다 보면 "더 분발하라" "더 성장하라"라는 메시지가 여기저기서 들려오는 탓에 남들보다 더 성과를 올려야 한다는 강박에 사로잡힙니다. 그 압박감에 짓눌린 사람들이 매일같이 병원을 찾고 있습니다.

저 역시 그런 압박감을 느낀 적이 있기에 그 기분을 잘 압니다. 아이가 태어난 지 얼마 안 돼 주 2회 정도 직장에 다시 나가기 시작했는데, 어디까지나 아르바이트 정도의 업무였습니다. 하지만 학회 발표를 하고 유학을 가는 등 일선에서 활약하는 동년배 의사들을 보고 있자니 자꾸 침울해지기만 했습니다.

쓰네코 선생님과 만난 것이 그 무렵이었습니다. 선생님은 푸념하는 저에게 이런 조언을 건넸습니다.

"일에 그리 조바심 내지 말고 우선 아이를 잘 키우세요. 그게 나중에 훨씬 도움이 될 테니까."

"환자를 진료하는 의사는 많지만, 아이에게 엄마는 세상에 단 한 사람뿐이잖아요. 지금은 온 힘을 다 해 아이를 지켜주고 키워내는 게 가장 중요한 일이에요."

그리고 이런 이야기를 들려주었습니다.

"전 아이들에게 좀 더 신경을 써줄걸 하는 후회를 자주 해요. 그래도 아이들의 행복이 가장 먼저라는 생각으로 일해왔고, 아이들도 그걸 다 아는 것 같아요."

"아이는 부모가 사랑을 듬뿍 주면 알아서 자립하고 떠나간답니다. 그러니 그때까지는 되도록 아이의 행복을 중심으로 사는 게 좋아요. 자신의 성장은 잠시 미루고 먼저 아이를 행복하게 하는 데 온 정성을 다하세요."

쓰네코 선생님은 이러한 인생 이야기를 살며시 알려주었습니다.

좋은 직장에 화목한 가정. 세상 부러울 것 없어 보이는 쓰네코 선생님이지만, 그건 선생님이 인생의 매 순간마다 소중히 여겨야 할 것들을 제대로 짚고 확실하게 기반을 다져온 결과물인 겁니다.

인생의 결과는 바로 나오지 않습니다. 저마다 인생의 순간순간 소중한 것이 있고, 우선 그것에 정성을 다하는 일이 얼마나 중요한지 쓰네코 선생님은 인생을 통해 직접 알려주고 있습니다.

EPISODE 6

남편을 떠나보내고 늙어서도 다시 일터로

쓰네코가 결혼 생활의 목표로 삼은 '아이들 결혼식에서는 부부가 함께 인사하기'를 무사히 마친 뒤에도 그는 남편과 헤어지지 않았습니다.

"그땐 남편도 나이가 들어 주량도 줄고 말이나 행동에 힘이 많이 빠졌더군요. 이제 와서 홀아비 만들자니 좀 딱하기도 하고 이혼 수속 밟기도 귀찮고. 아휴, 이제 됐다 그런 기분이었어요(웃음)."

이처럼 쓰네코는 훌륭하게 자란 두 아들이 독립해 결혼한 뒤에도 결혼 생활을 유지한 채 정신과 의사로 근무했습니다.

예순이 넘은 쓰네코는 이제 아이들 학비나 가계 대출 때문에 일을 해야 할 필요는 없었습니다. 그러나 정신과 의사 나카무라 쓰네코를 찾는 목소리는 여전히 끊이지 않았습니다. 업무량을 좀 줄이려고 하면 또 그를 찾는 소리가 들려왔죠.

그 무렵 쓰네코는 22년간 근무한 시기산 기슭의 병원에서 나라현 요시노 군의 시골 마을에 있는 정신과 병원으로 옮겨 주 5일 근무를 하고 있었습니다. 그러나 휴일인 토요일에까지 병원에 나와 달라는 요청이 들어왔습니다. 연락선을 타고 아와지시마의 병원까지 먼 길을 달려가 당직을 서기도 하고, 오사카의 클리닉에 외래 진료를 하러 가는 등 쓰네코는 계속 주 6일 근무를 해야 했습니다. 이때부터 쓰네코의 마음은 '살아가기 위해 일한다'에서 '일하는 덕분에 즐겁고 지루할 틈이 없다'로 바뀌었습니다.

"저는 줄곧 일을 해왔기 때문에 딱히 취미랄 게 없어요. 집에 있어봐야 할 일도 없고. 그래서 마음이 맞는 환자나 직원들과 이런저런 얘기를 하며 일하는 게 좋더라고요."

열여섯 살에 홀로 오노미치에서 오사카로 떠나온 이래, 그 가녀린 등에 가득 짊어지고 온 묵직한 짐들을 겨우 내려놓은 뒤에도 쓰네코는 가벼워진 몸을 쉬게 하지 않고 계속 일을 해온 겁니다.

이윽고 두 아들에게는 귀여운 아이들이 차례차례 태어났고, 장남 부부가 아이 다섯과 함께 이웃 부지에 집을 짓고 살게 되었습니다. 남편은 과음으로 시력이 떨어지면서 손끝을 세심하게 움직일 수 없게 되었고 결국 아내와는 달리 예순다섯에 이비인후과 의사를 그만두고 집에서 한가로이 지내고 있었습니다. 그 무렵에는 이미 귀여운 손주들의 재롱에 시간 가는 줄 모르는 좋은 할아버지가 되어 있었죠. 휴일이 되면 다섯 손주가 우르르 쓰네코의 집에 몰려왔습니다.

"아이고, 왔구나. 오늘은 요 과자 좀 먹어볼까? 자, 여기 장난감 있다."

"와~ 할아버지, 고맙습니다!"

손주가 갖고 싶어 하는 건 뭐든지 주고 싶은 손주 바라기 할아버지.

"그렇게 다 해주다간 당신 며느리한테 혼나요."

집에서 따분한 시간을 보내던 남편은 아내의 잔소리에도 손주와 노는 시간이 즐겁기만 했습니다. 이렇게 평온한 나날이 계속되는 와중에도 쓰네코는 여전히 담담하게 병원에서 근무하면서 장남 부부와는 가깝지도 멀지도 않은 거리를 잘 유지했습니다.

그처럼 평온하면서도 활기찬 나날이 5년 정도 흐른 어느 날. 집에서 손주들과 놀아주던 남편이 갑자기 신음 소리와 함께 맥없이 쓰러졌습니다. 구급차로 병원에 실려 간 뒤 알게 된 진단명은 뇌경색. 그때는 거의 후유증 없이 퇴원할 수 있는 질환이었으나 동맥경화가 진행된 남편은 그 뒤에도 몇 차례 뇌경색이 나타났고 조금씩 몸도 불편해졌습니다.

그리고 쓰네코가 일흔다섯이 되던 해 봄, 남편에게 가장 심한 뇌경색이 찾아왔습니다. 다행히 목숨은 건졌지만 결국 하반신 불수가 되고 말았죠. 재활치료를 거쳐 보행기에 의지하면 겨우 일어설 수 있게 되었지만 혼자서는 도저히 일상생활을 할 수 없는 상태였습니다.

'이제 간병을 해야겠구나. 일을 그만둘 때가 온 거야.'

쇠약해진 남편의 모습을 보고 쓰네코는 자연스레 간병을 하기로 마음먹었습니다. 남편 때문에 마음고생이 이만저만 아니었지만 오랜 세월 부부로 함께 살아온 정은 상상 이상으로 질긴

것이었습니다. 몸이 불편한 남편을 위해 자택을 장벽이 없는 공간으로 대대적으로 개조했고, 간호용 침대와 복도 난간을 설치해 간병에 전념할 준비를 착실히 해나갔습니다. 그런 아내의 모습에 남편은 무척 기뻐했다고 합니다.

그리고 2004년 10월. 쓰네코가 마지막으로 출근하는 날에는 병원 전체가 위로회와 송별회를 열기로 했고 남편은 "새벽까지 실컷 놀다 오라"며 유쾌하게 웃었습니다.

그런데 송별회가 열린 다음 날. 퇴원을 앞두고 평소보다 더 열심히 재활치료를 받던 남편은 보행 연습 중 쓰러져 그대로 세상을 뜨고 말았습니다. 사인은 흉부 동맥류 파열이었습니다.

"정말 훌륭하고도 아름다운 죽음이었어요."

쓰네코와 장남 부부는 입을 모아 그때 일을 회상합니다. 아내가 고된 간병을 하지 않도록 남편은 깔끔하게 저세상으로 떠난 겁니다. 어쩌면 남편 미쓰오가 아내 쓰네코에게 준 가장 큰 감사와 사랑이었는지도 모릅니다.

그리고 남편의 장례식을 치른 지 한 달이 채 지나지 않아 쓰네코에게 다시 병원에 나와달라는 요청이 들어오기 시작했습니다.

'할 일도 없이 집에 있으면 뭐 하겠어.'

쓰네코는 다시 오사카의 진료소에서 주2회 외래 진료를 하게 되었습니다. 그리고 6개월 뒤에는 나라 의과대학 교수의 추천으로 오사카 이즈미 시의 병원에서 꼭 와달라는 제안이 들어왔습니다.

"고향 오노미치와 분위기가 흡사해서 참 정겨웠어요."

항상 'OK'라고 대답하던 쓰네코는 결국 1년도 채 지나지 않아 다시 주 6일 근무로 돌아왔습니다. 일흔여섯이 되어도 그의 타고난 일복은 여전했고, 일하는 인생과는 도저히 연을 끊을 수 없는 듯했습니다.

눈부신 성공이나 활약이 없어도
자신의 자리에서
최선을 다하는 존재가 되자

2017년, 여든여덟 살 여름부터 책을 출판하는 일로 지금까지 겪어온 여러 일들을 떠올려보았습니다.

그러다가 2018년 설날이 찾아왔고 한 살 더 먹어 여든아홉이 되었습니다. 내년에는 아흔 살이 된다고 생각하니 나도 참 오래도 살았구나 싶습니다(웃음).

오랫동안 정신과 의사로서 살아오면서 느낀 건 '사람은 슬픔이나 괴로움을 서로 나눌 수 있는 사람을 찾는다'라는 사실입니다.

인간은 근본적으로는 홀로 살아가야 합니다. 나를 100% 도와주는 사람도 없거니와 나에게 온종일 관심을 가져주는 사람도 없죠. 이를 염두에 두는 것이 인생을 잘 살아가기 위해서 가장 중요합니다. 무슨 일이 일어나도 이건 내 인생이라고 주체적으로 생각하세요.

하지만 그렇게만 사는 건 외롭고 쓸쓸하다는 생각이 드는 것 또한 사실입니다. 누군가에게 기대고 싶기도 하고 속마음을 털어놓고 싶기도 하죠. 하지만 속마음만으로는 살아갈 수 없으니 방법이 필요합니다.

사람은 누구나 마음속 깊숙이 쓸쓸함과 불안, 고독,

괴로움을 느끼면서 살아갑니다. 그러한 슬픔과 괴로움을 그때그때 조금씩이라도 나눌 수 있는 사람이 있다면 조금은 편안해지고 기운을 낼 수 있죠. 그런 식으로 인생의 타협점을 찾아가는 겁니다. 저 역시 처음에는 홀로 오사카로 왔지만 항상 다른 사람의 도움을 받아왔습니다. 많은 사람들과 고달픔과 괴로움을 서로 알아주고 보듬어주었기에 지금 이 자리에 있음을 절실히 느낍니다.

주변 사람들과 적당한 거리를 유지하면서 편안하게 어울리는 것이 인생에 있어서 상당히 중요하지만, 우리는 감정을 가진 인간인 데다 여유가 없는 환경에서 살고 있는 탓에 자칫 균형이 깨질 수 있습니다. 타인에게 너무 많은 걸 기대하거나 자신에게 너무 엄격해서 피로를 느끼기도 하죠. 타인은 물론 나 자신과도 원만한 관계가 힘겨울 때가 있습니다. 저에게 진료를 받으러 오는 환자들 역시 자신의 생활 안에서는 균형을 잡기 힘들기 때문에 이야기를 나누고자 찾아옵니다.

타협점을 찾는다는 건 상당히 어려운 문제라서 누구도 완벽하게 결론지을 수 없지만, 제 좌우명의 하나는

'한 구석을 비추는 존재가 되자'입니다. 큰 성공이나 활약이 없어도 자신에게 주어진 환경에서 최선을 다하자는 사고방식이죠. 직장이나 가정에서 내 주변 사람들에게 작게나마 따뜻한 빛을 비추면 되는 겁니다. 물론 모든 사람이 다 그렇게 살라는 뜻은 아닙니다. 어디까지나 저로서는 그렇게 살아가는 것이 저 자신에게 과도한 부담을 주지 않는 타협점이었습니다.

중요한 건 '나는 누구인가'라는 물음에 진지하게 마주하는 자세입니다. 일찌감치 분명하게 '이걸 하고 싶다'라고 결정하는 인생이 있는가 하면 좀처럼 싹이 돋지 않는 대기만성형 인생도 있습니다. 또 겉보기에는 단조롭고 평범한 인생도 있죠. 개개인의 인생에는 저마다 특징이 있으며 다른 사람과 비교하는 건 무의미합니다.

저는 의사로서 활약하고자 하는 뜻도 없었고 어떤 큰 목표를 이루고자 살아온 것도 아닙니다. 그리고 의사라고 해봐야 70년 내내 월급쟁이입니다. 어떤 특별한 능력이 있는 것도 아니거니와 호사를 누리며 살아온 것도 아닙니다. 하지만 여든아홉 살인 지금 여한은 없습니다.

주위에 민폐가 되지 않는 한 의사일은 계속할 생각이지만 최근에는 부쩍 다리와 허리가 약해져서 조만간 일을 조금씩 줄여나가려고 합니다. 아들 부부도 "갑자기 일을 그만두면 몸에 안 좋으니 천천히 그만두세요"라고 하니, 조금씩 나와 내 주변과 타협점을 찾아가며 업무량을 줄일 계획입니다.

그것이 제가 살아가는 방식이며 최선이었다고 봅니다. 그걸로 충분합니다. 두 아들도 좋은 짝을 만나 가정을 이루었고 손주들도 건강하게 자라고 있으니 이제 죽을 때가 되면 깔끔하게 훌쩍 저세상으로 여행을 떠나는 일만 남았죠(웃음).

인간은 자기중심적이라서 '이렇게 살아야 한다' '저렇게 하면 안 된다'라는 식으로 단정 짓는 경향이 있습니다. 돈을 많이 버는 사람이 훌륭하다거나 꿈을 이뤄야 가치가 있다고들 하죠. 이 말들에 그다지 수긍이 가지 않는다면 그 느낌을 믿으세요. 인생의 만족감은 다른 누군가가 결정해주는 것이 아닙니다. 누군가와 똑같은 인생을 살아야 한다는 규칙도 없습니다.

'이게 내 인생이야' 하고 마음을 굳게 먹으세요.

결국 사람은 '나답게' 살아야 하는 존재입니다. 남에게 휘둘리기만 하는 인생에 지칠 때는 이 말을 꼭 떠올려 봅시다.

나카무라 쓰네코

연꽃이 살랑거리듯

이 책을 읽어주셔서 감사합니다.

저(오쿠다 히로미)는 쓰네코 선생님과 처음 만났을 때부터 18년간 줄곧 선생님에 대한 책을 쓰고 싶었습니다.

쓰네코 선생님과 오랜만에 만났을 때 미수米壽(88세)도 됐고 하니 근무 시간을 조금씩 줄이려 한다는 소식을 들었습니다.

"깔끔하고 평화로이 저세상으로 갈 수 있도록 이제 조금씩 준비를 하려던 참이에요. 오랜만에 집안도 정리하고…… 그러고 나면 조용히 죽음을 기다리는 일만 남았네요."

쓰네코 선생님은 그런 기분이라고 합니다.

언젠가 선생님에 대한 책을 쓰고 싶다면서도 좀처럼 실행에 옮기지 못했는데, 이때 다시 '아무래도 책을 써야겠어. 얼른 시작하자!'라는 의욕이 마구 샘솟았습니다.
출판사에서 계속 거절을 당하는 바람에 세상에 나오기가 쉽지 않았지만, 스바루샤의 요시모토 씨를 비롯한 훌륭한 분들 덕분에 이렇게 책으로 나오게 되어 감개무량합니다.
또 이 책을 쓰면서 선생님이 여러 장의 A4 용지에 직접 정리해주신 생활사를 자료로 받았습니다. 선생님이 컴퓨터 연습을 겸해 적어두신 글이었는데, 꾸밈없이 담담하게 쓴 문장 속에서 특히 다음의 문장에 유독 마음이 끌렸습니다.
"지금 생각해보면, 나카쇼 초등학교 저학년 때 연꽃이 한가득 피어 있는 꽃밭 속을 데구루루 뒹굴었던 순간 참 즐거웠어요."
아직 전쟁의 그림자가 옅었던 평화로운 시기, 어린 쓰네코 선생님은 오노미치 시 인노시마에서 초등학교 시절을 보냈습니다. 아름다운 세토 내해內海를 바라보는 섬에서 쓰네코 선생님이 이리저리 뒹굴며 놀았다는 꽃밭의 연꽃이 저에게는 쓰네코 선생님의 모습과 겹쳐 보였습니다.

바람에 흔들리는 부드러운 자홍색 연꽃. 연꽃은 그 가냘픈 모습과는 어울리지 않게 대지에 뿌리를 내리고 여기저기 단단히 줄기를 뻗어 추위를 버텨내며 자생합니다.

꽃말은 '고통을 덜다' '마음이 차분해지다'입니다.

쓰네코 선생님의 여든아홉이 넘은 인생은 그야말로 들판에 핀 연꽃이 바람에 살랑대듯 부드러우면서도 단단하고 온화함이 가득합니다.

오쿠다 히로미

KI신서 8369
내일을 위해 사느라
오늘을 잊은 당신에게

1판 1쇄 인쇄 2019년 10월 11일
1판 1쇄 발행 2019년 10월 18일

지은이 나카무라 쓰네코 **정리** 오쿠다 히로미 **옮긴이** 정미애
펴낸이 김영곤 박선영 **펴낸곳** (주)북이십일 21세기북스
콘텐츠개발1본부2팀 윤예영 김선영 **책임편집** 김선영
해외기획팀 장수연 이윤경
마케팅2팀 이득재 박화인 한경화
출판영업팀 한충희 김수현 최명열 윤승환
제작팀 이영민 권경민 **홍보팀장** 이혜연
디자인 빅웨이브

출판등록 2000년 5월 6일 제406-2003-061호
주소 (우 10881) 경기도 파주시 회동길 201(문발동)
대표전화 031-955-2100 **팩스** 031-955-2151 이메일 book21@book21.co.kr

(주)북이십일 경계를 허무는 콘텐츠 리더

21세기북스 채널에서 도서 정보와 다양한 영상자료, 이벤트를 만나세요!
페이스북 facebook.com/jiinpill21 **포스트** post.naver.com/21c_editors
인스타그램 instagram.com/jiinpill21 **홈페이지** www.book21.com
유튜브 www.youtube.com/book21pub
서울대 가지 않아도 들을 수 있는 명강의! 〈서가명강〉
네이버 오디오클립, 팟빵, 팟캐스트에서 '서가명강'을 검색해보세요!

ISBN 978-89-509-8325-3 03810

책값은 뒤표지에 있습니다.